U0940032

ビオレタ

杂货店薇奥蕾塔

〔日〕寺地春奈——著
王小涵——译

浙江文艺出版社

目录

杂货店薇奥蕾塔

一

“不要在路边哭……哭是可以的，真的可以的。但是不要在这种雨天蹲在路边哭，不要做出这种惨状。不要故意哭给别人看。不要沉溺在自己的不幸中。还有，不要用小狗一样可怜的眼神看着我。”

那女人一口气说完后，像拎着猫的后颈一样抓住我的衣领把我拉了起来。我完全不明白现在是什么状况，仰望着一脸愤怒的她。不知道是雨水还是泪水的液体，顺着我的脸颊慢慢流下。

“跟我来。”

身高大概有一米七的女人，硬拖着身高一米五的我向她家走。女人打着一把黑伞，然而丝毫没有将伞靠向我的意思，只是一个劲儿往前走。

刚进入玄关，女人就劈头盖脸地拿浴巾来擦拭我湿透了的头发。看到我呆住了，女人粗暴地说：“差不多行了，你自己擦。”等我擦完头发，又“命令”我脱下鞋子走上榻榻米。从她的那种口气来看，毫无疑问确实是命令。穿过走廊，我走进了客厅。虽说是客厅，但是却看不到电视机、沙发，以及摆着家里人照片的柜子之类的东西，只是让人感觉非常乱。大概是因为正面墙壁旁的大桌子上乱糟糟的，才让人有了这种感觉吧。

客厅和厨房相连，中间被厨房柜台隔开。女人静静地拉开紧贴着厨房柜台的餐桌椅子，命令我坐下。

女人进入厨房，过了一会儿，拿着一个冒着热气的马克杯出来，递给了我。我正想着“原来是个好人呀”，结果刚喝一口，简直就想吐出来了。这可怕的又苦又臭的液体到底是什么！

“很难喝吧，那个玩意儿。”

女人晃动着手里的橙汁易拉罐，嘻嘻地笑着，然后用像把英语翻译成日语一样的口吻自我介绍："我的名字是北村堇。"

"话说回来，你为啥要在那种地方哭呀？"

堇低头俯视着正在因谜之液体的难喝程度而震惊不已的我，向我发问。她的双拳紧握，所谓的金刚菩萨般的站姿大概就是这样吧，我胡思乱想着。堇的站姿就是这样有气势。

被悔婚了。简而言之，哭的原因就是这个。

"我有话想对你说，能不能来一下。"慎一发来的邮件里这样写道。不知道为什么，在前往目的地摇摇晃晃的电车上，我突然意识到见面地点是我们从未去过的一家快餐店，同时也隐约地感觉到此"话"可能并非好话。

目的地位于一条以快车不停车的车站为中心、名为什么什么银座的商店街里。崭新的公寓与破旧矮小的房屋拥挤地建在一起，路边到处都是垃圾，是一个随处可见的没有任何风情和特征的地方。很快就找到了约定的店。下午两点，店里吵吵嚷嚷的，满是喧闹的带孩子的母亲和秀恩爱的高中生情侣，地板上散落着不知道谁掉的薯条，慎一就处在这种混乱之中。他好像脸色有点发青，背挺得很直，双手放在膝盖上，端正地坐着。我站在店门口，看到他的这种坐姿，就知道了这番话绝对不可能是好话。

“我们还是不结婚了吧。或者说，分手吧。”

果然是这样。他大概是考虑到，如果是在我俩谁的家里说出这番话可能会被砍，所以才约我在外面说的吧。众目睽睽之下，事态应该不会太严重，万一我真的发了疯，只要不是在生活圈内，被熟人目击的可能性也很低，慎一肯定是经过这样的深思熟虑，才选在这个离自己家很远的餐厅来说这件事的。

“我没有信心能让妙幸福。”

我有拜托过他让我幸福吗？好像没有吧。嗯，没有过。因为自己很清楚，结婚并不是“从他人那里获取幸福”的制度。但，为防万一，我还是问了一下：“我没有拜托过你让我幸福吧？”慎一一脸苦恼地低下了头。他的眉毛皱成了“八”字，让我顿时觉得自己好像说了什么过分的不讲理的话一样。不不，等一下，不讲理的明明是慎一吧？

“我觉得啊，妙你呀，还是有点太幼稚了。对于结婚啊，还是有点……”

已经二十八岁了还天天被妈妈叫“小慎”、傍晚零食吃太多导致吃不下饭而被妈妈骂的人是你吧！我真想举出这些例子和慎一争辩说“明明你才幼稚吧”，但如果这样说出来一定会被反将一军，不得已只能忍住。

“我想说……”刚开口说话就发现声音在颤抖。我清了清喉咙，咳嗽了一下，慎一不禁缩了缩肩膀。

“我想说，我已经和大家都说了，也已经辞职了。你知道的吧。”

我和慎一交往了接近四年。一开始喜欢他是因为觉得他的脸长得像人偶一样精致。虽然有点懦弱、有点不太可靠，但那时候觉得这才是他的可爱之处。

慎一的求婚誓言也是小心翼翼的，类似于“我们要不要结婚”这样的话；上上个月两家人一起吃饭时，他一个人一脸忧愁地望着窗外喃喃自语“哇，云正在变换形状”；自打决定结婚以后，他也是越来越瘦。我本来想着“原来男人也会婚前抑郁啊”，就完全没当回事儿。没想到慎一完全没有和我打招呼，直接决定悔婚。

四年了。我在心里念叨。从二十三岁到二十七岁，这难道不是我作为女人的最好的年华吗？我飞快而又悲伤地在心里计算着四年换算成日子是多少天，换算成小时是多少小时。不要小看女人的四年啊。

“为什么？”

我一边在心里念叨着“四年、四年”，一边追问。

“并不是因为我讨厌你了……”

完全不是回答的回答。我不由自主地呻吟了一声，知道已经无力回天。他已经撒了这么漂亮的谎。如果不是因为讨厌，那为什么要分手？是怕说出真正的分手原因，让我又哭又叫的太麻烦了吧。原来我已经变成这样一个不值得说出心里话、连争吵都没有价值的对象了。仿佛对慎一来说，比起让我信服，不让自己在这里留下不愉快的回忆才更重要。

“那，怎么样和大家说比较好？”

慎一一边一脸不耐烦地嘟囔着“从刚才开始就一直纠结着这种事情”，一边咬住了吸管。绿色的液体顺着吸管向上攀升。是蜜瓜苏打。我胸中顿时升起一股无名火，无来由地对蜜瓜苏打来火。不要一边悔婚一边享受碳酸饮料的激爽！我紧紧地握住了桌上冰咖啡的杯子。

由于握得太紧，纸杯杯盖突然打开，冰咖啡快速地溢了出来，在桌面上形成了茶色的水渍。我心急之下掏出了手帕去擦。那条白色的亚麻手帕，角落上绣着我名字的首字母 T，我非常爱惜它，一直用了很多年，但是情急之下也没有办法了。

我紧紧握着擦完后被染成茶色的手帕，沉默不语。慎一想要讨好我似的，小声温柔地说：“妙，你能理解我吧。”

“不能理解。我不要！”

我本想小声说出来的，但没想到声音大到在店内回响。不巧的是，我的视线正好和斜前方那对高中生情侣中的女生对上了，在辨认出对方眼里的怜悯与好奇的那一瞬间，理智的弦绷断了。

“我不要！我不要我不要！我不要我不要我不要！我不要我不要我不要我不要我不要我不要我不要我不要我不要我不要我不要，绝对不要！”

我的声音越来越大，最后简直就像尖叫出来一样。店里的人都向这边看来。我正在思考要不要把面前的托盘丢向慎一时，他叹了一口气，双手捂住了脸。

“妙，结婚是两个人的事吧。如果其中有一方觉得‘已经不行了’，那就是真的不行了。”

“不行了？”

“不行了。”

“不行了”这三个字就这样刺入了我的大脑。可是这三个字也太锋利了呀。

我晃晃悠悠地站起来，向店门口走去，慎一并没有阻止我。走出门后，渐渐地感到有什么东西扑簌簌地从天上掉了下来。“这种程度的话还好。”正这样想着，谁料雨渐渐变大了。被甩了的时候正好被雨淋，简直就像老掉牙的电视剧桥段，或者说像是一个讽刺。真是太羞耻了。担心自己脸红被发现，我双手捂住脸，故意大声地踏着步子。

为什么？我又想起了这个问题。本想回想一下慎一说“并不是讨厌你了”时的表情，但不知道怎么回事，明明是刚发生的事情，记忆却已经模糊了，相反想起的却是和慎一初次见面时的场景。

那是在朋友结婚典礼宴会的二次会上，而且是在宴会很后面的时候，我和慎一才第一次搭上话的。当时觉得“原来还有这么像人偶的男人啊”，所以全程一直留意着他。慎一自我介绍说是新郎所在公司的新人，进入公司已经是第二年了，却还经常慌里慌张的……他说这些时看上去好像有些难为情。“我也是，到现在还经常毛手毛脚，慌里慌张的。”慎一听到我的话后，开心地笑了。“当时觉得你是个很温柔的女孩子”，很久之后，慎一这么对我说。

慎一甚至在第一次约会的时候就迷路了。不知道约定的地点在哪儿，只能转来转去，转来转去，最终还是没找到，“在像食堂一样的地方含着泪吃着生姜烧肉套餐——慎一真是不可靠啊。”当时的自己这样想。但是其实又觉得，不太可靠才是他的可爱之处。“生姜烧肉也很好吃哟”，我这样说后，慎一终于笑了。

对了，第一次一起过生日时我还烤了蛋糕，虽然卖相非常糟糕。明明是按照一直以来的步骤做的，但不知道为什么做出来的蛋糕坯非常硬。之后想起来，可能是因为前一天被慎一夸奖“妙居然还会做蛋糕，太厉害了”而扬扬自得，结果做的时候不小心弄错了面粉的量。后来我抽泣着给慎一打电话，“我做失败了，抱歉，还是在蛋糕店买吧”，慎一却温柔地安慰我“没有关系，你把蛋糕带来吧”。之后两个人一边吐槽“不好吃吧”，一边一起吃完了。

明明那么难吃，然而那时慎一还是笑得很开心。笑容、笑容，还是笑容，脑海中像在播放慎一的宣传片一样，浮现的全是他的笑容。事到如今想起来了又能怎样？这种事情。

是哪里，到底是哪里出了问题？是什么让慎一判定我是他“人生中不必要存在的女人”？这四年的时光要回溯到哪里才能重来？

已经没有办法重来了。时针不可能逆转，况且慎一也已经决定了。他没有说诸如“你觉得分手的话会不会比较好”之类的话，而是直接说了“我想分手”，甚至还说了“不行了”。

眼泪夺眶而出。啊，居然哭出来了。想到这，顿时感觉自己浑身的力气都被抽走了，只能无力地当场蹲了下来。

好像有人不屑地“切”了一声，从我旁边经过。雨下得更大了，我沉溺在这种悲惨的氛围里，正要开始抽抽搭搭地哭起来的时候，堇粗野地喊着：“喂，就是你！”然后从前面走了过来。

听完我的遭遇，堇保持着金刚菩萨般的站姿，俯视着我。

“你拿去擦咖啡渍的是这个手帕吗？”

被堇这样指着，我才突然发现自己手里一直紧握着手帕。

“是的。”

“明明用纸巾就可以擦干净，真是可惜了。”

看着被染成茶色的名字首字母的刺绣，我越发感觉到后悔。但——这个人为什么这么在意我的手帕？

“用纸巾的话觉得很浪费……”

“浪费？”

“呃……就是资源浪费……”

听到这话，堇噘起了嘴，下巴上出现一道一道的梅干一样的皱纹，怎么看都像是在憋笑。

“向店里的人借个抹布不就好了？”

“不想借。”

“为什么？”

“因为店员肯定会想‘这家伙肯定是因为被甩了，心绪不宁把咖啡弄洒了’，如果这个时候再向店员借抹布的话，总觉得，有点，呃……”

“啊，这样啊。”

堇的下巴上又长出了梅干。她继续用这种表情俯视着我。

“嗯……哭的原因就是这样。”

我用一种“您能理解我了吧”的眼神仰望堇。

“无法理解。”

“慎一和你直说，不是比为了面子而强行结婚要好吗？而且结婚和离婚，除了各项手续之外还有很多麻烦。听你这么说，总感觉慎一所说的‘不行了’是指结婚这件事不行了，为什么你哭得好像是他觉得你这个人‘不行了’，否定你这个人一样。这些无论如何我都无法理解，能不能请你详细解释一下。”堇说。

“你要我详细说明的话，也有点……”

堇用手捧住脸，好像在思考着我的话。

“要不就先这样吧，说不定什么时候就搞明白了。所以这件事就先告一段落——请在我的店里工作。”

为什么我和这个人需要相互了解。哎，等等，在店里工作？

听到这话，我重新审视了这个客厅。地板上放着几个啤酒箱大小的木箱子，里面乱七八糟地堆满了布条、蕾丝和缎带。其他的箱子里装着类似涂料的东西。

再仔细看，才发现桌上乱七八糟地堆着装串珠的透明塑料盒、装丝线的塑料袋子，以及一些零散的布头。屋子里头放着一台缝纫机。

“话说……这是一家什么店呀？”

“杂货店。”

“哦……”

“卖一些首饰呀、人偶之类的，还有棺材盒子。”

说到棺材盒子的时候，不知为何堇用锐利的眼光紧紧地盯着我。我吓得直哆嗦，不由自主地挺直了背。

“棺材盒子？”

堇指向自己右侧的门。那是一扇比玄关处要稍小的茶色的门。堇说虽然从那扇门也能出入，但还是从外侧进来比较好，毕竟第一印象比较重要。

“哦……”

我不明所以地来到了玄关，穿上鞋走出门，雨已经停了。仔细看门边，发现在“北村”的名牌下面挂着一个鱼形板大小的小牌子，上面写着“violeta”，字的下面有一个向右的箭头。

“这是店的名字吗？”

“是的。”

堇没有从玄关进去，而是走向了房子的右边。环绕着房子的围栏和房子之间有大概一米的空隙。庭院非常广阔，感觉如果想再建一座房子的话也可以。杂草蓬勃生长，感觉这里与其说是庭院，不如说是荒地才更加合适。

“不是那边，是这边。”

可能是由于我一直盯着庭院看，堇有些烦躁地大声叫我。我把脸转向左边，看到了一扇玻璃门。看来这里才是店铺。

客人估计很难找到这里来吧，我想。毕竟是要从人家家门口进去，再横跨玄关才能找得到，有些尴尬了。

据堇说，这间店铺是由一栋建了六十年的住房的一部分改造而来的，只有六张榻榻米那么大。堇从口袋里掏出钥匙，打开了玻璃拉门。大门貌似磨损得很严重，打开的时候老是发出窸窣声响。堇面无表情地解释说，就算门关好了，门边的缝隙也会漏风。

要我在这种店里工作啊……正这样想着，我踏入店内看到里面陈放的货物，瞬间不由自主地发出了“哇，好棒”的惊叹。我觉得自己就像走进了一个小女孩存放喜欢的小东西的宝箱里一样，货架上放着可爱的书封和钱包，还有布娃娃，架子里面摆着的好像是宝石箱一样的东西。

这家店里堆满了好看而又棒极了的商品。然而，一想到这些好看的小玩意儿都是由身旁的这个冷淡的女人制作出来的，就觉得很不可思议。

“怎么样?”不知何时，堇又以金刚菩萨般的站姿出现在柜台前，“要在这里工作吗?”

近乎盘问的问法。这家店很可爱，然而店主有些可怕。我夹在可爱与可怕之间，等回过神来才发现自己已经回答了“嗯，要”。

这就是我与堇的初遇。

距今已过去半年。

二

永远把心放在棺材盒子里。

上班时总要诵读这句话。“这是司训。”堇向我解释道，而且还要求我站在庭院里朝着太阳诵读。不用说，今天也依她说的做了。一开始的时候觉得很讨厌，总是低着头小声地念，终于有一天，堇忍无可忍地大吼一声：“声音太小了!”并猛地一拍我的后背，从那以后，我就用响彻整条街道的音量大声诵读了。

薇奥蕾塔有限公司。堇的店还算是一个法人组织，貌似是她从亡父那里继承而来的，在那个时候生意好像挺不错。堇的父亲去世后，给堇留下了这栋房子、一些现金、存款，以及出租停车场和出租地。

堇在父亲还没过世的时候好像并不经营杂货店，而是从事买卖鲜鱼中间商的工作。如今杂草丛生的庭院，在当时还有一间小小的简易装配房，作为堇做生意的办事处。

据说violeta是西班牙语中“堇”的意思。我想堇的爸爸当初给店铺起这个名字，大概也是因为独生女吧。一般来说会起名叫“堇牌水产”或者“堇牌鲜鱼”，“不，还是取个更酷一点的名字吧，英语的话有点太简单了。对了，西班牙语怎么样？不错吧，很酷吧！”我想堇的父亲大概就是这样给店铺取了名。

堇的母亲很喜欢可爱的小玩意儿，特别是杂货之类，经常买一些成品回家，问心灵手巧的女儿会不会做。堇拿到之后就会仔细观察，有时候将其拆开，思考其制作方法，直到能告诉妈妈“我能做出比这个更好的”。

有一次，堇和母亲去手工店里买东西，母亲提着的包吸引了店主的注意。“这个包是您亲手做的吗？做工真的太好了，能不能请您再做十个左右放在我家店里卖？”堇交给店主十个做好的包，没想到几天之内全都卖完了，听到这个消息，堇和母亲都惊喜不已。就是这个时候，堇的心里埋下了一颗“要开一间属于自己的杂货店，自己制作商品来卖”的种子。对于堇的这个梦想，母亲也总是温柔地鼓励她“一定会是一间很棒的商店”。然而天有不测风云，没过多久母亲就病故了。母亲去世的第二年，父亲也染上了同样的病去世。又过了几年，堇开了这间店。

诵读完“司训”后，堇就基本上开始在客厅兼工作室里工作了。有时踩踩缝纫机，有时做一些刺绣，有时串串珠子，有时在棺材盒子的盖子上画画。

我则是坐在收银台后数钱。零钱不够的话就要去银行换。有时打扫一下店铺，然后就坐着等客人来，然而店铺总是门可罗雀。收银台的后面有一个和入口不一样的门，这扇门将走廊隔开，和初次来这里时堇指着的那扇茶色的门相连，如果有事的话，彼此都可以呼应。最开始的时候我还不太习惯一个人看店，一有点什么事情就去喊“阿堇，阿堇你在吗”，然后马上就会被发火：“你都喊了多少次了，吵死了！”

最先学会的是出纳机的操作，是最简单而又最费时间的操作。那台上了年头的暗黄色出纳机看上去就像是古董，感觉一不注意就会弄坏它。零钱的抽屉要是打不开了怎么办，小票打不出来怎么办，我想象着这些情况然后问堇如果这些情况真的发生了该怎么办，果然又被堇吼了句：“我很欣赏你的工作热情，然而你真的很烦。”

“因为这个很容易坏呀!”

“是很容易坏,”堇回答我,“然而就算是坏了,最多也就是不能动了,又不会发生爆炸把整个店炸飞!”

堇所卖的棺材盒子并不是装人和动物尸体的棺材,而是那些店里货架上摆放的箱子。它们都是手掌大小,全部由堇制作而成。有的箱子是木制的,上面绘上了很多花;有的是纸箱,堇在箱子上贴上了布做装饰,用蕾丝镶边;有的用色彩鲜艳的纽扣和串珠镶嵌;但大多数箱子是玻璃制品,看上去就像是普通的宝石箱。堇说一开始的时候是按照做宝石箱的想法来做的。

来店里的客人大多是女性,不过在这家店才开不久的时候,曾有一个老人来光顾过。堇说那个老人看上去近一百岁了,瘦得像仙鹤一样。老人穿着灰色的西装,拄着拐杖费力地迈进店里。他从货架上取下一个宝石箱,用清晰的声音说道:“这是一个棺材盒子。”不是“这好像一个棺材盒子”,也不是“这个可以作为棺材盒子使用”,而是“这是一个棺材盒子”。

堇没有表示肯定,也没有表示否定。堇和我说,既然老人已经那样断言了,自己也不好说什么。

在店铺的角落里,有一张小小的圆桌和两把椅子。老人把箱子放在上面,然后从西装的内袋里掏出一支钢笔。那是一支很旧的深红色的钢笔，但是一看就知道保养得很好。堇在箱子的底部垫上了纱布手帕，老人将钢笔放了进去。“我想在箱子里放一些花。”老人说。堇到庭院里摘了一些三叶草，将三叶草摆在钢笔的周围。老人慢慢地盖上了盖子，然后缓缓地抚摸着宝石箱的盖子，抚摸了很久，简直让人担心盖子上的画会不会被摩擦掉。“我想把它埋葬在适合它的地方。”老人对堇说。堇也不假思索地回答道：“如果我家庭院可以的话，就埋在我家院子里吧。”

棺材盒子被埋在山荔枝树的下面。结束后，老人向堇简短地道谢，然后就离开了，从那之后再也没有见过他。老人没有提起过关于钢笔的事，堇也没有问过。

这些都是上班第一天堇告诉我的。“你肯定也有这种想要埋葬的东西吧，可能是感情，也可能是回忆，而我就是帮忙埋葬这些东西的人，至少我可以帮忙接受这些东西。”不知为何，在谈及过去的时候，堇的语气变得异常地郑重。

年轻人、不年轻的人，男人、女人，甚至还有小学生来买棺材盒子。而拿来的都是些烟头啦，摔破了的盘子啦，不走的钟啦……一些只会让我觉得“为啥要拿这个来”的东西。有时候是客人自己选择棺材盒子，有时候是堇帮忙挑选。如果尺寸不合的话，还会专门做一个。虽然也并没有专门立个牌子，写上“有棺材盒子出售”，但来买棺材盒子的客人还是会定期来。我猜测可能是有特殊需求的人们组成了一个特殊的组织，在特殊的集会场所悄悄地传播着薇奥蕾塔的名字。他们秘密地口耳相传，或者是在网络上传播交流。

客人们带来的东西，经由堇之手用绢布或者丝绵慎重包裹在棺材盒子里，然后被埋入庭院内，客人确认后都会放心离开。虽然堇不会去向他们打听具体情况，但是这些客人和堇之间都会有一种彼此心照不宣的气氛，而无法融入这种气氛中的我则感到非常寂寞。

有一次我对堇说：“阿堇，我还留着前男友送我的戒指，可以埋在院子里吗?”

堇正在客厅里工作，听到这话停下了画笔，冷淡地说道：“丢到不可燃垃圾里不就好了。”

第二天上班时我带上了慎一的照片，堇用更加冷淡的语气说道：“可燃垃圾。”

“喂，那到底该怎么办?”

“呸，那种东西。”

堇把别人的前男友称为“那种东西”，然后又继续在棺材盒子的盖子上画画了。

“不要不理我啊！总是融入不了你们，我很寂寞的。”

我有点急了。堇微微动了动眉毛，放下了画笔。

“田中啊。”

“嗯？”

“我不是为了填补你的寂寞才雇用你的。”

谈话到此结束，最终戒指和照片都没有处理掉，现在还放在房间的抽屉里。

到了中午，我把店门锁上，然后走到客厅那边。该给堇做午饭了。这段时间，如果有客人来只需要按门铃就行，虽然很少有人来。

“中午吃什么？”

刚开始在这里工作的时候，有一次堇因为亲戚送了很多竹荚鱼，不知道该怎么办而发愁。无奈之下，我只好进厨房给堇做了油炸竹荚鱼。平时老是一副爱理不理样子的堇，那次特别开心，一直在叫嚷着“太好吃了”，简直赞不绝口，而我则在自谦“还算凑合”的时候，不知怎的就答应了堇，之后每天都给她做午饭。堇好像只会做薄煎饼，让我不得不感叹“不知道是会做饭的人厉害，还是只会做薄煎饼的人厉害”。这话要是被堇听到了，她又该怒骂“我就是只会做那个”了！

也不知道她的早饭和晚饭是怎么解决的。经常看到她买西红柿和苹果，可能就是靠啃这些东西解决的吧。

“我想吃有咖啡厅风格的东西。”

堇的要求总是这么粗略。隔开客厅和厨房的台子上，横七竖八地放着一些黄瓜和西红柿。我向堇询问这些能不能用，堇满口答应可以可以，看都没有看这边一眼。

“热三明治可以吗？”

“有咖啡厅风格的就行。”

我从冰箱里拿出火腿，将西红柿和黄瓜切成薄片后除水，把面包稍微烤一下，然后在烤面包的这段时间里做了鸡蛋薄饼。

在给烤面包涂芥末酱的时候，我看了看客厅的情况。堇停下了手头上的工作，坐到了餐桌前，闭上眼睛，左手握拳捶着右边的肩膀。“这好像被叫作‘四十肩’来着。到了五十岁，是不是就得叫‘五十肩’来着。是不是从生日那天起就要这样叫来着。好像是这样来着。”堇就这样一边捶着肩膀，一边碎碎念。她并不是在等我的回答。一般句尾带上“来着”就说明是她的自言自语了。我嫌她有些吵，就问她：“老是‘来着’‘来着’的，到底是什么来着？”堇皱起眉头说：“你说什么呀，我可没有说过。”然后又开始念叨着“我刚才说什么来着”而犯迷糊了。三分钟后又开始烦恼：“我刚才是不是被取笑了来着？”

堇很像道伯曼犬，没有赘肉，威风凛凛。虽然她做的货物用了很多蕾丝和缎带，而且做得很可爱，但是堇自己却老是穿着那件黑色的桶状连衣裙，把长发盘在一起，甚至连发饰都不用。

埋头工作或者沉默思考时，堇的侧脸非常美。虽然没到富山县的剑岳①的程度，但是也很容易让人联想到巍峨险峻的高山。堇的美是一种威严的美，我经常因她的这份美而呆呆地盯着她的侧脸无法转移视线。我没有和她说起过这件事。被比喻成道伯曼犬和剑岳还很高兴的女人应该很少吧。

窗外飞进了一些不知道是蝴蝶还是蛾子的虫子，在屋子里飞了一会儿又飞了出去。客厅的窗户面朝庭院，而且不巧纱窗也坏了，因此虫子们的进出总是自由的。

我把装着热三明治的盘子放在堇的面前，堇安静地双手合十后就开始慢慢吃了。我吃的时候总是会不小心掉下很多面包屑，而对面堇的盘子总是干净的。可能是因为她吃的时候，把面包碎屑都吸进嘴里了吧。

“田中真是会做饭呢。”

“这种东西谁都会做啦。”

---

① 剑岳，日本名山，位于富山县境内，海拔2999米，被称为不可征服的死亡之山。

小学生也会，谁都会，除了阿堇——这种话果然还是不敢说出来。

我的母亲在我很小的时候就让我学着做家务，特别注重让我学着做饭。“阿妙，饭做得好吃的话会感觉特别幸福吧。所以做饭是能够让人变得幸福的手段哟。”母亲说。

虽然这话好像没错，但总让我感觉心里不舒服。因为母亲所认为的幸福就是结婚，然后生孩子，总而言之就是仅限于家庭生活的延续。这让我心里感觉不舒服。

生了孩子的女人才算是真正的长大成人，母亲总是这样说。这让我感到心里不快。可是这话，我不敢对母亲说。害怕对母亲说了后，会让她感觉自己的人生全部被否定，但我又因为这种担心，心里更加不快了。

和堇说了这些后，她睁大了眼睛，发出了“是这样啊”的感叹，好像要说什么又没有说出口。估计她是想说我这么努力学着做饭，结果还是被甩了，但考虑到我的心情就没有说出来。

“如果对母亲说了我的想法，她肯定会说‘那除了这之外的幸福是什么’。但是我并不想认真反驳她，所以更加觉得心里不舒服了。”

心里越来越不舒服，简直就像是地狱。堇一边听着我说，一边盯着自己的指甲，懒洋洋地说道："总而言之，我认为田中你呀，要改掉喜欢预先想好别人会做出什么样回答的毛病。"我其实已经知道她会这样回答我，本打算不说了的，但是可以想象得到，如果我沉默的话，她还是会懒洋洋地说："干吗一声不吭，你不说话我怎么知道你在想什么。"

"因为我不想伤害母亲。"

堇看着指甲，朝指甲吹了一口气。

"是不想变成伤害母亲的残忍的人吧。可是你不是那种对自己的要求敢毫不犹豫大声讲出来的人吗？"

"我没有！"

"你明明就有。比如说要求加薪呀，买东西的时候能拿到店员折扣呀之类的。"

"这分明是两回事！"

"好吧好吧，是两回事。"堇似笑非笑地站起身，回到了工作台那边。

工资太低。这是比起"卖棺材盒子"这种奇怪的工作内容更让我感到烦恼的地方。之前在网上查了本县的最低工资标准，之后也烦恼了一阵子，但最终还是决定算了。目前还住在父母家，所以就算收入减少了也不至于马上流落街头，所以还是觉得就先这样吧。

真要说起来，当初答应在这里工作，还是因为受悔婚的打击导致精神状态不正常，所以才会贸然答应。

当然，堇做的小东西简直好得没话说，这也是原因之一。堇所做的刺绣以及画的鸟和动物都栩栩如生，简直可以看到它们在呼吸。它们并不仅仅是精巧或逼真，就算是变形的设计也可以看出其中的生命力。堇的色彩和素材搭配也是不同于其他店的独特风格。

但即使如此，一直在这里工作也不是个法子，这只能是暂时的容身之所。目前还没有心情去找新工作，所以就暂时待在这里。这样想着，不知不觉半年就过去了。

吃完饭洗了碗之后，我又开始看店了。还是和之前一样，并没有什么客人。回想起刚才堇对我的指责和之前的诸多“恨意”，我翻开笔记本大大地写上了一行字：

不要说出自己所预想的对方的回答。

这个笔记本是我在这里上班的第一天买的。本子当时摆在柜台旁，我一眼就看中了那蕾丝和布制的封皮，毫不犹豫地对堇说：“我要买这个。”当时是打算用这个本子来记录工作内容，把它当作业务日记本来用的。本来是打算每天一页写点什么的，但是只能写“没有客人，很闲”的日子太多了，最后也就最开始的两个星期是写和工作有关的内容。

“九月三十日，还是没有客人。”从这则记事之后就再也没有业务方面的日记了。

慎一拉肚子拉到死。

翻开九月三十一日的记事，上面写着这句话。一开始是准备写“慎一去死”的，写到一半突然觉得还是有点过分，犹豫一番之后写上了“拉肚子拉到死”。

小学四年级的时候，班主任老师山本惠美子对我们说：“愿望和目标写下来的话就会实现。在书写的过程中可以整理自己的想法，能够客观地看待自己，所以书写是一件好事。”然后在第一节课上给我们每个人都发了一个小笔记本。有的小孩子把本子当成涂鸦本乱画一通之后就丢在一边，我则是恍然大悟“原来如此”，然后就开始写上“每天都要早起”“不要落东西”之类的话。

山本惠美子老师在一个学期结束后就休了产假，直到我们毕业也没有回来。而我还在继续写日记，直到三个学期后。

“拉肚子拉到死”后面，写的是“花粉症严重到涕泪横流”“掉发掉成秃瓢儿”之类的。忍不住不去写。之后大概十天都是在写这种希望他倒霉的话。

这段时期，我虽然白天在店里不太有心思去想这件事，但是到了晚上就完全不行了，一个人的时候就开始抽泣。脑海中浮现的全是我们在一起时快乐的时光。比如刘海剪得太短时，慎一安慰我说：“虽然有些奇怪，但是也挺可爱的。”一想到现在连进行这种无聊对话的机会都没有了，我又忍不住开始抽泣了。已经不想再想起这些事了。我合上了笔记本。

到了下午还是没有顾客。今天基本上又是清闲的一天。关门前总算有两个女高中生进来，买了一对挂在包包上的小铃铛。营业额只有一千日元。感觉这样也太可怜了，我自掏腰包买了个棺材盒子。盒子是木制的，盖子上画着玫瑰，大小和烟盒差不多。买这个盒子并没有什么特别的理由，硬要说的话，就是因为它很好看。

“不要把婚戒放进去，然后随便埋在庭院里啊。”

堇斜眼看着我说道。好像很讨厌的样子。

“我知道的啦。”

“我还没想好要放什么。”听到我这话，堇“嗯”了一声，便直直地盯着我操作着出纳机的手。

三

本打算直接回家，在路上突然改了主意，决定先去千岁的店里转转。堇的店对面、车站另一边的那家店就是千岁的店，正好在商店街的入口。那栋横向建成的木式公寓，第一层的某间屋子就是店铺。公寓的玄关处挂着一块木制招牌，上面写着“Ra Apartment”。原本公寓的名字是“SaKuRa Apartment”（樱花公寓），不知道出了什么情况，看板左侧的字掉了，就变成现在这个样子了。

我推开玻璃门走进店里，靠在收银台旁的千岁抬起了头，叫了一声我的名字。他扬起了嘴角，整洁的牙齿清晰可见，然而下巴上还有一些胡茬没有剃干净。不知道是不是因为他有些笨拙，下巴底部的地方总是有些胡楂剃不干净。

初次见到他的时候，我还以为他可能比我大整整一轮，所以当听说他有四十五岁时不由得吃了一惊。

“马上就关门了，你先上去等一下吧。”

所谓的上面就是千岁自己的房间，他住在这间公寓的二楼。我虽然拿到了他房间的钥匙，但是从未使用过。感觉自己随便进去有些不太好，因此总是去他的店里打招呼。

千岁的店名字叫作“千岁纽扣店”，专门贩卖各式各样的纽扣。在我工作大概一个星期后，某天堇让我来这里办事，才第一次知道了这家店。

“或者可以在这里稍等一会儿？”

千岁一边望着货架上和桌子上的玻璃瓶，一边问我。五彩缤纷的纽扣像糖果一样被满满地塞在罐子里，怎么看都看不厌。纽扣有木制的、贝壳制的、玻璃制的、陶制的等等，形状也出奇地多，有圆形、三角形、玫瑰形、小鸟形等等。来到这家店之前，我从不知道原来这个世界上的纽扣有这么多种。

“当然可以。”

于是千岁指了一下收银台前面的沙发。坐在上面虽然会发出奇怪的吱吱声，但是坐上去后真的特别舒服，坐一会儿再站起来时，我感觉全身都酥软了。

千岁敲着计算器，好像是在算账。我端坐着，尽量不让沙发发出声音，静静地看着他。

第一次来这里办事的时候，千岁非常开心地对我微笑着：“阿堇居然雇了一个这么可爱的女孩子！今后也多来办事吧——不，没事的时候也多过来玩呀！啊，又多了一份期待，好开心！对了，你是叫小妙吧？真可爱！”

千岁的话语慢慢渗入我因慎一而干枯了的心，就像雨水渗入干涸的土地里，慢慢地渗透进去。这个时候的千岁对我并没有特别的意思，他对谁都是这样，特别是对女人很温柔。这种话对他来说就像是打招呼一样，这些我都是之后才知道的。

去千岁纽扣店办事的频率大概是每两周一次，每次都让我盼望已久。堇很冷淡很可怕，特别是最开始的一个月，让我觉得特别紧张，而千岁却总是很和气，来千岁的店里和他聊聊天，对我来说都是放松。第三次来办事的时候，千岁问我：“堇还好吗？”我回答道：“不知道，她都不怎么笑的。”千岁叹了口气说：“也是……”然后又告诉我，堇如果吃到好吃的就会笑。之后的炸竹荚鱼事件证明了千岁所言非虚。

我从包里拿出了笔记本。在诅咒慎一的话的后面一页，写上这样一句话：

总而言之，先找一个交往对象。

如果和某个人在一起的话，就会忘掉慎一了。就因为这个理由，我选择了千岁，喜欢上这个人吧，我想。

如果说堇像道伯曼犬的话，千岁就像是阳光可爱的柴犬。并不是说脸长得像，而是整体的气质。千岁的嘴角总是微微上扬。然而有些时候，他也会向你投来锐利的目光。我将之称为

“狙击手之眼”，被盯上的时候全身动弹不得。“吓一跳”还不足以形容其恐怖程度，那种眼神甚至能让人屏住呼吸。然后在下一个瞬间，他又变回了柴犬。

这是一张没有特别明显的缺憾，但也不是特别有魅力的脸。如果要画肖像画的话，还会让人感觉有些困难。但是这张脸如果微笑起来的话，给人的印象就会大大不同，就像是鲜花盛开，又像是温暖的阳光照在脸上。千岁笑的时候，总让人觉得他好像是看到了什么好东西，就像是突然看到了彩虹那样。

直觉告诉我，这样的男人很危险。果不其然，千岁很有女人缘。

十二月第一次去办事的时候，千岁在收银台那儿，边写发票边对我说：“小妙，今天很冷，要不要来我家玩玩？”我想着去玩玩也没什么大不了的，就回答道：“啊，好啊。”

然而听到这话的千岁抬起头，很吃惊地说：“真的可以吗？哇，好开心！本来只是说着试试的。”说着又朝我微笑起来。他笑得那么开心，让我感觉我像是做了件好事一样。

到了楼上他的房间，我一下子就发现了掉在玄关地板上的一个发卡。洗脸台上也还放着睫毛液，这让我感觉很厌烦。而且发卡和睫毛液还像是不同的女人的东西。千岁若无其事地说：“被女人搭讪了，不好拒绝。”明明长得像柴犬，却说出这种好色男人才会说的话。千岁好像察觉到了我有些生气，赶紧抓住我的手，说些诸如“小妙真可爱”之类的话来讨好我。

我任由千岁抓住我的手，对他说：“现在开始做爱也没问题，但是希望你不要做太久。”千岁一脸惊奇地问我：“你们还有门禁吗?”我只好向他解释并不是有门禁，而是时间太长的话会让我觉得厌烦疲倦，然后就会困了。并不是性欲低，只是因为无法长时间集中注意力，希望他能理解。这番话我之前也对慎一说过，惹得他很不开心。然而千岁只是点点头说：“原来如此，每个人的喜好都不同呢。”然后就像在挑选窗帘般随意地说：“那就简单点。”我觉得这话很有趣，结果从开始到结束的过程中一直在笑。

总而言之，是这个人就行了。能够排遣自己的寂寞，直到忘记慎一就行了。如果对方是千岁这样的人的话，就能够平静地看着我找到下一个恋人然后离开，然后再对别的女孩子说“小××真可爱”。

“总而言之”的工作岗位，“总而言之”的恋人，“总而言之”的日子。

我正在认真思考着，千岁突然对我说：“喂，小妙，我今天特别想吃带醋的饭。”

“那我们去车站前面的那家回转寿司店[1]吃吧。”

“不转的寿司也可以的哦，小妙。”

“不，还是吃转的吧。”

我把笔记本放回包里，强硬地说。我这么说不是因为考虑到千岁收入不高，而是的确想吃回转寿司了。

“寿司咕噜咕噜转着，感觉就像是仙境一样。如果能够坐在座位上，有那种可以出热水的装置就更好了。最喜欢那种回转寿司了。”

“是吗。”

千岁回答得很敷衍。而我对那种装置喜欢到恨不得在自己家的桌子上也装一台。

走过商店街，豆腐店的阿姨和点心店的老板娘都跟千岁打招呼，每次打招呼时，千岁都要停下脚步，说些“优江太太，你丈夫的腰还痛吗”或者“美津子姐姐，前阵子你给我的羊羹很好吃哦”这样的话，都没有什么继续往前走的意思。商店街的太太们也都称呼这个四十五岁的男人为“小千岁”，一副着了迷的样子。现在才发现千岁对于女人，就算对方是快九十五岁的老人，也都可以毫不犹豫地直呼其名，绝不会称呼对方为

① 回转寿司店，是寿司餐厅的一种。师傅把制作好的寿司放在盘子里后摆在运输带上，运输带围绕餐厅的坐台而行，顾客可随意食用。

“阿姨”什么的。原来你们喜欢千岁的原因是这个啊。

我无所事事地跟在千岁的斜后方，等待着他们对话的结束。优江的丈夫的腰什么的，都随便啦。

叫美津子的那位太太在和千岁交谈的时候瞟了我一眼，然而那一眼让我觉得特别不好意思。千岁笑我这是“被害妄想症”，我却怎么也笑不出来。

终于走到回转寿司店了。坐在柜台前，我挖苦千岁道：“每次和你走路都这样，明明五分钟就可以走到的路，都要花上个十五分钟。”然而千岁只是安静地微笑着，我也就不好再说什么了。千岁果然很厉害，只凭着他的笑容就可以夺去我的声音。

“小妙你啊，想到什么马上就会表现在脸上。”

“是吗？”

“嗯。”千岁点点头，舔掉了沾在自己嘴唇上的啤酒泡沫。

“刚才在商店街那边的时候，一直一脸不高兴的样子，嘴唇都噘起来了。”

“噘得那么明显吗？”

“嗯，就像鸟喙一样。”千岁说着又笑了。不管怎么说，这样说别人是不是太过分了？

“比起这个，话说回来千岁最初为什么想要开纽扣店呢？”

为了岔开话题，我不管不顾地用上了已经问过快十几次的问题。

“因为可爱。”

千岁并没有对这个问题表现出不耐烦，而是很诚实地给出了同样的答案。

“衬衫什么的不是要把左边和右边连在一起吗。小小的纽扣用它自己的身体把衣服连在一起，不是很可爱吗。”

每次听到这个回答我都会笑出来。这个人考虑的东西可真奇怪。

我正盯着眼前转动着的寿司，千岁却注意到了我放在脚下的手提包里的纸袋。

“是不是买了些什么？”

“嗯，一个棺材盒子。”

“准备在里面放些什么吗？”

“还没想好。只是一时兴起买下来的。”

“一时兴起吗？”千岁笑了。

“只是一时兴起。对了，如果是千岁你的话，会放什么？”

“嗯——”千岁停下了筷子，陷入了沉思。

“会放什么呢……我也不知道。”

“这样啊。”

“把这个作为我的作业吧，我好好想一想。”

“哎？不用那么认真回答啦。”

“没事没事。”

虽然千岁说可以在他家过夜，但思考之后我还是拒绝了。不能和他一起待太久。一旦有了超出“总而言之的人”那种感觉的话，就不妙了。我不想爱上千岁。我不想从心里爱上千岁。

走出回转寿司店后，千岁送我到了车站。

车站前栽着几棵木兰。千岁看到了花，立刻指着对我说：“快看快看，是不是很像纸罩着的烛灯？”

“白色的花在黑暗里也能看清楚，真好。”

我盯着千岁的脸出神，千岁突然冲着我笑了一下说“是吧”，笑容又将我的声音夺走了。我转开视线，含糊地点了点头。

回到家里，父亲在客厅里看围棋杂志。但是没有看到母亲。电视机的声音开得很低，在播放新闻节目。

“妈妈呢？”

“好像是去唱卡拉 OK 了，应该一会儿就回来了。”

“哦，对了，刚才有电话来了。”父亲边说边摘下老花镜放在桌子上，揉了揉眉间。母亲一直在一个几十年前出过一张唱片（不是CD）的老人处学习唱歌，去年还报名了绘画信纸课和夏威夷褶裙课，所以经常不在家。母亲的生活比我充实多了。

另一方面，父亲去年从公司退休了，每天一个人待在家里，甚至养成了下午一点左右开始看电视剧的习惯，还都是家庭主妇喜欢看的那种，每天和母亲念叨着“真由美真由美”什么的，一问才知道是电视剧中的人物。

“吃过了吗？”

“吃了。吃的寿司。”

父亲叹了一口气。

“真好呀，我本来只给你准备了梅干和海苔当作晚饭的。”

“又骗人。”

我指着厨房桌子上装着炒青菜和煮鱼的碗，父亲“嘿嘿嘿”地笑了几声。

父亲含笑看着在脱外套的我。他是不是在观察我，我想。自从和慎一解除婚约后，父母不知怎的在我面前表现得特别小心。总感觉是这样。

当我告诉他们我和慎一的婚事没戏了的时候，两人非常沮丧，想知道原因。但如果真的告诉他们是我被甩了的话，总感觉太羞耻了，于是只好和他们撒谎，说这是我和慎一两人商量之后做出的决定。但总有一种已经被他们看穿了的感觉。

比我大五岁的姐姐已经结婚了，育有两个女儿，一个叫树璃菜，一个叫铃绪菜，名字的笔画都很多。姐姐总喜欢把两个孩子照片的眼睛部分用黑色笔涂黑遮住，然后把照片发给我，我总觉得这样看上去像是犯罪嫌疑人的照片。但这话一旦被她听到，她肯定会用杀人般的眼神盯住我发火，而我应该会被吓到失禁。不管怎样，我理解不了这种只把眼睛部分涂黑的做法，慑于姐姐的“凶恶”，只能选择避开这个话题。

小我四岁的弟弟几乎是高中一毕业就让同班的一个女生怀了孕，才十九岁就已经当上了爸爸。弟媳也是个非常强势的人，定下目标要把自己的孩子培养成“世界上最强大的男人”。

在得知我被悔婚后，弟媳气势汹汹地对我说：“我说妙姐啊，男人这东西就像天上星星那样多得数不清，我介绍几个熟人给你认识一下。”说着就雷厉风行地开始摆弄起手机，手指在屏幕上“咻咻咻”地滑动着，给我看她的熟人的照片，只见那些人全都顶着小混混式的锐角状眉毛，吓得我只好郑重拒绝了。然后我就一边被弟媳热情地劝慰“妙姐，打起精神来呀”，一边被“啪啪啪”地重重拍着后背。

姐姐和弟弟都有了自己的小家庭，过着属于自己的充实人生，只有我同时失去了未婚夫和工作，这把年纪还在那样的小店打工。二十七岁的待业者，连退休金都快交不起了。

我心里也不是不着急，但表面上还是装作一副不在乎的样子。要是父母让我赶紧去找个像样的工作，或者催我去相亲结婚，我也都能理解。我心里很明白不能一直这样下去，清楚得不能再清楚了，但现在还不想考虑这些。

门开了，是妈妈回来了。

“我回来了。”

“欢迎回来。”

父亲走进客厅，向正在脱外套的妈妈询问道：“今天开心吗？”

“嗯，超级开心。”

妈妈回答道，一边哼着小曲儿，一边走进厨房，看到桌上没有动过的饭菜，转过头问我：“阿妙今天是在外面吃的吗？”

“嗯……是的。”

妈妈点点头“嗯”了一声，从橱柜上拿出茶杯。她不高兴了吗？

“不行吗？”

我怯生生地说道。妈妈意味深长地笑了。

“不是不行。不说这个了，阿妙你先去洗澡吧。”母亲说话的语气听起来就像是在唱歌。

“妈妈还真是一直都是好心情呢。”我半带讽刺地嘟囔了一句，父亲一脸惊奇地看着我说：“这样难道不好吗？”然后好像突然又想起了什么一样说：“说起来，姥姥七周年忌日，你打算怎么办？”

我将拿在手上准备换台的遥控器又放回了桌子上。父亲说，如果要去寺院的话就需要借面包车，这样的话就要早些确定人数，将人数报给美树。美树是母亲的姐姐，也就是我的姨妈。

“七周年忌日，也就是亲戚们都要聚在一起吧？”

“那是当然。”

父亲歪了歪头，看着吓得已哆嗦的我。

“你不去的话，也没关系的。”

“没事没事，我去。”

妈妈这边的亲戚都很嘴碎，说起话来喋喋不休，而且声音又大，除此之外还不体贴人，一点都不体贴。我一边胡思乱想着，如果我去了很有可能会被她们一系列诸如“为什么婚结不成了”“有新男友了吗”“工作怎么样了”之类的问题逼到没有退路，导致精神错乱，号啕大哭着从行驶的面包车上跳下去，或者在做法事的时候突然就着和尚敲木鱼的节奏开始敲他的光头，然后被赶出寺院；一边死命地嘴硬说“要去”。

“阿妙，你不去的话真的没关系的。”

虚张声势的我，还是败给了父亲的那一声温柔的“阿妙”。

“我先去洗澡了。”

我站起身，离开了客厅。

“为什么那么早就辞职了呀，等有了孩子再辞职不好吗。”刚定下婚事时，母亲遗憾地说。

泡澡的时候，我想起了前公司的事情。那栋像塔一般细长的建筑物里，一楼是乐器行，二楼是事务所，三楼是出租的工作室，四、五楼是音乐教室，这就是我曾经工作过的地方。从大学一毕业就进入到公司直到去年辞职，差不多在那里工作了四年。但那家公司并不是我特别想要进的公司，而是唯一一家录用了我的公司。仅此而已。

我工作的地点在二楼，从事的是会计工作。职员除了我之外，还有一个叫作白石的、比我大十岁的女性职员，平日里只有我们两人，男性职员都出去跑外勤了。

刚进入公司的时候，白石前辈就教我会计软件的使用方法。然而正当我想做笔记的时候，前辈制止了我。我感到有些疑惑，前辈解释说，因为写下来的话会让人觉得安心，放松了就不容易记住。之后有次碰到了关于操作方法不懂的地方，便跑去问前辈，前辈却对我说："刚开始的那天我就说过了，同样的话不要让我说第二遍。"对于白石前辈的这个"规矩"，我很不能理解，之后每次在她讲后，我都马上跑到卫生间里，偷偷地把她说的内容记在备忘录上。虽然感觉有些奇怪，但我也只好强行说服自己，可能所谓的公司就是这样吧。

白石前辈经常把"田中你呀，真的是宽松时代出生的人呢"这句话挂在嘴边。午休聊天的时候，我稍微说些奇怪的话就会被她这样说。工作出差错的时候也会被她这样说。

"那个文件有点问题。"

她也不会说明有什么问题，就算问她，她也只会微笑地说："真是没办法呢，毕竟是宽松时代出生的人呢。"没办法，我只好把白石前辈做的文件带回家，和自己的进行比对，大致推测出错误的地方，然后再修正。

因为做了很多我要做的工作，所以白石前辈的加班时间不断地增加。就算和她说我可以帮忙，她也会笑着说没有什么我能够帮忙的。我不喜欢她的那种笑容——眼睛弯成月牙状，嘴唇却是歪着的。

营业部的男人们和她聊天时，一旦说了类似于"有个不会做事的后辈真是很辛苦呢"之类的话，她就会笑着说"是的啊"，但是如果我问她问题，她又会笑着说："这都不懂吗？算了，留着我来做吧。”总是这样，得不到问题的答案。我也曾经拜托她说：“我会努力好好记住的，请教给我方法吧！”但她也只是笑意更深地说：“你知道吗？工作的话，光凭努力是不行的呢。”

我实在是不知道如何是好，也曾经去找上司谈过话。听过我的话后，上司说：“听了你的这番话，我觉得白石没有什么过错呀。”还说：“她责任感太强了，全都一个人承担的话是不行的呢。”白石前辈的确是对工作很热心，我也不是要指责她的意思，然而越是这样说，我越是觉得自己像是一个愚蠢的员工，只会把自己的无能全都怪在前辈的指导不力上。不过因为这种事情就辞职的话等同于逃避，是绝对不被准许的。

进入公司的第二年，我开始参加 IT 认证、理财规划师认证、商务法务、商务礼仪、销售、日商簿记等各种资格考试，有些考上了，有些没有考上。当时只是觉得，如果能够利用资格考试找到新工作，然后辞了这里的工作，就不算是逃避了。

最后不知道为什么，几乎每周末我都会发烧，就算去了医院检查，医生也查不出发烧的原因，还问我是不是精神上的问题。不知道这种状况持续了多久，直到有一天慎一来我家找我，他含糊地对我说：“要结婚吗？”而我甚至都没有察觉到他话里的无奈之意，就飞扑过去答应了他。真的是飞扑了过去。

慎一固执地认为在三十岁之前必须要结婚，因为他妈妈和他说“三十岁之前一定要找个媳妇让我抱孙子”。

而我不知怎的，也觉得自己应该会在三十岁之前结婚。和年收入三百万到四百万日元的人结婚，打打年收入一百三十万日元左右的零工，养着一个孩子，平时有空精心经营着自己的薰衣草花园，参加一下市里举办的剪报讲座或育儿讲座，或者两个讲座都参加。我一直以为自己将来会过上这样的生活，这样的普通生活。虽然心里对母亲定义的那种“幸福”感到不快，但是我自己也没能找到可以有力反驳的其他“幸福”的定义，只是单纯地觉得，这样的生活应该算是“幸福”吧。

不知道那个称呼自己儿子为“小慎”的母亲知不知道“小慎”悔婚的事情。我本想打电话向她道歉，被慎一拼命拒绝了，估计是怕自己悔婚的事情暴露了。在电话里，他说了不下二十回“不要再打过来了，也不要找上门来，真的很困扰”，最后是慎一的母亲接过电话，用疲倦的声音说“没错，这件事我是知道的”，然后就挂了电话。从那之后就再也没有联络过。

慎一的判断也许是正确的。抱着“要结婚吗”想法的人和“不就是那回事”想法的人，想必他们的婚姻生活也不会有多美满。洗完澡后站在镜子前，我一边用手梳理着头发，一边这样想着。况且正确的事情和被允许的事情之间还是有区别的。

我一边看着缠绕在手指上的头发，一边还是暗暗地希望慎一的日子不好过才好。比如说走路时踩到口香糖，或者抽奖的时候只能抽到纸巾，这种不好过的程度就好。反复这样期盼着。

四

堇有一个独生子，叫作莲太郎，目前二十岁。在邻市读大学，寄宿在公寓里，偶尔会回家住几天。

第二天去上班的时候，正好碰到莲太郎在院子里认真地打太极拳，应该是我昨天回去之后才来的。初次见面的时候也是这样的场景，早上上班时看到他在院子里，好像是在做广播体操。那还是一月，莲太郎哈出来的气都是白色的。

我正纳闷这人是谁，堇走到院子里，和我介绍说这是她的儿子。我听到这话很惊讶，“原来你还有个儿子呀！”于是回过头来，肆无忌惮地盯着莲太郎做体操，看到莲太郎正好把手放在腰上。

“早上好。”

和莲太郎保持了一段距离，向他道早安。他回过头来。道伯曼犬的儿子果然也是道伯曼犬，只不过体格比堇大了不少。被太阳晒得很黑，但是皮肤很光滑，头发剪得很短。之所以要和他保持一定距离再说话，是因为和身高比我高了三十厘米以上的人近距离说话时，老是要仰着头，脖子会很酸。

“啊，这不是可乐吗，早上好。”

可乐是莲太郎给我的昵称，原因也是“总觉得你像可乐”这样暧昧的说辞。然而这种像狗的名字，而且还是杂种狗的名字总让我觉得不能接受。

“不要再叫我可乐啦。”

“那，叫可乐子？”

“不要，我又不是在埋怨这不是女孩子的名字。”

“那让我想个新名字。”

莲太郎盯着我，开始打量我全身。

“这样吧，叫‘复杂人类’如何？”

“……还不如叫可乐子。”

“这样啊。”

莲太郎又开始愉快地打拳了。从初次见面以来，我就一直被他当成傻瓜。我心里正不爽着，莲太郎停止了动作。

“要一起来吗？”

“不了。”

“好吧。话说，那个人还好吗？”

“好得很。你自己去看看不就行了吗。”

“明明那么近。”我又小声地说了句。莲太郎是堇的儿子，也是千岁的儿子。

知道他们俩是大妇的时候，由于过于震惊，我吓得差点当场崩溃。

堇实在是太过分了。要说第一次让我去千岁纽扣店办事时，没有解释清楚那也就算了，毕竟那时候她可能也没想到我会和千岁开始交往。可是之后堇在路上碰到我和千岁走在一起时，竟也只是说了声“哎呀”就走了，明明那时候当场解释清楚就好了。

第一次见到莲太郎时，莲太郎说：“话说，纽扣店现在还在赚钱吗？嗯……虽然不想问，但他毕竟是我的父亲。”我这才知道了真相。

堇和千岁出生在同一座岛上，两人青梅竹马。两家人也都住在一个村落里，堇比千岁大四岁，两人的父亲是很要好的朋友，经常互相串门。堇的曾祖父的妹妹正好嫁到了千岁的母亲家那边，两人还算是远方亲戚。堇和我这样解释道。这种不是几乎等同于没有亲戚关系嘛，正想插嘴，堇的话却还没有结束。

那座岛在地图上看的话，只是小小的一个点，岛上百分之九十的岛民都姓“北村”。堇上中学的时候，因为父亲的鲜鱼批发生意兴隆，一家三口就搬到了现在住的地方。几年之后，千岁因为升入高中也离开了小岛。“儿子就拜托你了。”“放心吧，交给我绝对没问题!”因为双方父亲的约定，千岁高中时就一直住在北村家。毕业之后虽然搬出来了，但是堇的父母还是一直把千岁当成亲生儿子一样疼爱。

“父亲一有什么事，就把千岁叫到家里一起喝酒吃饭，然后每次走的时候，妈妈都让他带上成堆的点心回去。”

“那么，你们是从那个时候开始交往的吗?”

堇在工作区那边踩着缝纫机，缝纫机发出“嗒嗒嗒”的声音。

“不是。我们两个从来没有过恋爱关系。”

堇伸直了背，身体转向我的方向。

“我的父母染上了同一种病，首先是母亲，第二年是父亲，两人相继去世了。父亲去世一周年后，我突然很想要一个孩子。”

“什么?孩子?”

“我需要一个孩子。脑海里突然闪过这个念头。”堇的人生大事好像都是这样瞬间决定的。

“我和健太郎谈过到底该怎么办好，然后健太郎就突然说‘我明白了，交给我吧’，然后第二天就拿来了结婚申请。于是就这样，我们结婚了。”

健太郎是千岁的名字。

总感觉堇省略了很重要的部分。然而对堇而言，仿佛这就是全部了。

到了晚上，我去了千岁的公寓，去询问当时的情况。明明不需要害羞，千岁却羞涩地挠着头“嘿嘿嘿”地笑了。

“为什么一直不说。”我嘟囔着。“抱歉抱歉，我还以为堇已经对你说过了。”千岁双手合十说道，然后特别小声地说了声：“抱歉。”就像不小心撞到别人手肘时会说的那样。

“过分，太过分了。只有我不知道原来你和堇还有过那种关系，真是太荒唐了。堇肯定也在心里暗暗地嘲笑我。”

我趴在被磨破的榻榻米上低声抽泣。我的脑子已经成了一团糨糊，本想要压制住感情冷静地说话，结果由于过于急躁，反而成了这个样子。

千岁也有些惊慌失措了，一瞬间默不作声，然后又笑着说：“那种关系是什么关系。”我抬起头，满脸怨恨地盯着他，他反而一边满脸认真地对我说“堇应该不会这样想的”，一边“啪”地敲了一下膝盖。

我又趴在榻榻米上准备哭，千岁一边摸着我的头，一边说：“真是对不起啊，小妙。但这件事很久之前就结束了。”他用手指梳理着我的头发，那感觉太过于舒服了，以至于那句“我受不了了，分手吧”一直没有说出来，一直到了现在。

第二天，堇一脸平静地对我说：“你也不需要在意，放心大胆地和健太郎交往吧。”我竟无言以对。

就是很讨厌。假如两人是因为某天晚上一时犯错而意外怀孕，没有办法只好结婚也好。而且两个人都把积木叫作“陷阱”，这一点也让我很讨厌。这个叫法好像是因为积木撒落在地板上，不小心踩到的时候会很痛。诸如此类的一些词，只有他们互相之间才能听懂，这也让我很讨厌。

莲太郎一岁不到的时候，两人离婚了。据说是堇先说的“离婚吧”，而且没有说“我想离婚”，这也是堇的风格。

关于离婚的原因，堇的回答是“因为我只会做薄煎饼”，千岁的回答是“因为我没出息”。两个人绝对不会说彼此的坏话，这种互相包庇的感觉让我觉得心里一暗。

千岁当时是不是不想离婚呢？千岁稍微思考了一下后说：“因为是堇嘛。”当时突然拿出结婚申请，有没有吓一跳呢？堇说：“因为是健太郎嘛。”因为是堇，因为是健太郎，所以也没什么好奇怪的。两人对彼此的了解之深，让我的心里更暗淡了。

说起来，两个人为什么要住得这么近呢？而且因为生意上的事情，不是会经常见面吗？这些人好像并不把这些事情放在心上。

不知道莲太郎是如何看待这些事情的，特别是现在我也夹在其中。莲太郎把自己的父母叫作“那些人”。要说关系不好倒也不是，要说特别喜欢自己的父母也有些勉强。两人分开后，莲太郎就一直和堇住在一起，但是千岁的公寓倒是也可以自由出入。“就是这样普通的亲子关系。学校运动会的时候双方都会过来，那个人（堇）不会做饭，于是就由那个人（千岁）给我做便当，是很可爱的便当哟，他还会把苹果削成兔子的形状。”莲太郎向我解释道。不过，有时他也会笑着问我：“说起来，那个人（千岁）到底哪里好了？”

我拼命地想，想到大脑要烧坏了——也还是完全不知道这些人在想些什么，实在是完全不知道。结果真的想到发烧了。

不想了。这些人只不过是有些奇怪，不太正常，没有必要去了解他们。就算好不容易了解了，不知道什么时候我也会离开。所以索性不想了，就这样吧。这个“总而言之”的容身之处里的人们，他们的事就随他们去吧。我下了这样的结论，决定不再想这些了。

莲太郎停止打拳，一边念叨着“早饭要是吃咖喱就好了”，一边走出庭院，这时堇正好走进了庭院。

“早上好。”

“早。”

“永远把心放在棺材盒子里。”我们每天都一起念诵这句话，今天也是如此。希望今天有客人来。

因莲太郎之要求，我做了咖喱，莲太郎吃了两碗。堇明显心不在焉地听着莲太郎说他大学朋友的话，好像没有办法提起兴趣去附和这些话题。莲太郎也好像习惯了，不太在意堇的反应，还是乐此不疲地说着。

比如说前阵子捡了三只弃猫，原本一直在找愿意养的人，上周终于给三只都找到了主人。听到这话，堇懒洋洋地嘟囔了句：“你自己都不愿意养，还跑去捡。”

莲太郎嘟起嘴说：“你自己还不是捡了。”说着还看向了我。我又不是弃猫！

“说起来，很久之前你还捡过兔子。”

莲太郎握着勺子，偷偷看着母亲的脸。

“不记得了。”

堇很冷淡地说。

“应该是我六年级的时候吧。当时是我发现它躲在电线杆底下瑟瑟发抖的。”

“都说了我不记得了。”

“真的假的，是那只兔子呀！”

“真不记得了。”

“那只灰色的，名字叫作……哎，斯巴鲁？”

“不是斯巴鲁，是斯皮卡。”

这不是记得好好的吗，而且还取了那么可爱的名字。我一边想着，一边默默吃饭。

在电线杆底下发现它后，大概养了两个月的样子。后来才知道那只斯皮卡兔子其实是从主人家偷跑出来的。在把兔子还给原来的主人时，莲太郎号啕大哭，可是堇眉头都没有皱一下。“我就知道她这么冷血。”莲太郎总结道。

话说回来，堇所制作的动物类杂货里貌似是兔子的最多，但那大概是错觉吧。我这样想着，差点就说出来了。

话题又转向了莲太郎每周打四天工的咖喱店。“店里的员工伙食有时候居然不是咖喱饭，简直不能原谅！”莲太郎说到这个的时候，突然激动了起来，“我爱咖喱可是爱得深沉的哟。”

堇一边用手帕擦嘴，一边说：“说到伙食突然想起来，法事该怎么办。”我正在震惊堇怎么会知道我姥姥去世七周年的事情，然后瞬间明白不是对我说的，而是对她儿子说的。

“这不是由伙食能够联想到的事情吧？”

貌似是千岁母亲的法事。两人正在纠结要不要去。莲太郎就算了，堇也要去吗？两个人明明都已经离婚了。我有些惊讶。是作为远房亲戚去的呢，还是作为一家人去的？一开始想这个问题，就感觉自己好像被荆棘包围了，心里一阵阵刺痛。于是我果断放弃思考这个问题，收拾起了碗筷。

“可以不去吗？好麻烦。”

是的，法事真的是超级麻烦的，我一边洗碗，一边在心里暗暗同意。莲太郎走到我身边说“这个给你”，然后把一张纸片样的东西塞到了我的围裙口袋里。打开一看，是一张手工集市的传单。

邻镇的神社里，每个月的第四个星期天都会有集市。正如集市的名字“手工集市”一样，是一个贩卖手工品的自由集市，任何人都可以参加。

“我的女朋友也会摆摊，来玩玩吧。叫上那个人一起吧。”

“那个人”指的是千岁。

“那我邀上他试试。”

“值得一来的哟——来了绝对不会后悔的。”莲太郎又强调了一遍。

堇用手撑着脸，看着庭院那边。

今天也没有客人，一个客人都没有。我坐在柜台后面，打开了笔记本电脑。堇虽然在做细小的手艺活上很擅长，但是在其他方面却并不细心，特别是关于钱的方面。一直以来，堇都把发票账单什么的随便塞在茶叶盒子里，然后和账簿一起全都丢给理税师处理。因为都是随便塞进去的，有些发票都化成一团粘在茶叶盒子底部了。看到这种景象，我不禁有些“悲从中来”，主动向堇请求帮忙整理，于是我又多了一项制作出纳账单的工作，但我很开心。比起忙碌，无事可做更让我觉得难受。戴着黑框眼镜、留着偏分头、每个月来店里一次的理税师，看到我帮忙做的出纳账单后，一脸感动地对我说“谢谢、谢谢”，这让我觉得更开心了。没想到拼命取得的资格证居然可以在这里派上用场。

不过销售额和支出都不多，账很快就做完了。

我把手伸到包里，摸索着我的棺材盒子。

里面放什么好呢？

我在笔记本里写下这句话。不知道放什么好。也许是我想埋葬的东西，或者说应该要埋葬的东西。自己的缺点之类的，比如经常迷路、动摇的时候会很多话、如果同时做两件事就会两件事都搞砸……像这些事情，如果能够埋进土里就好了。虽然这只是我的异想天开，但是如果真有这种好事就好了。

“做一下扫除吧——”

堇在门可罗雀的店里大声说。

我走出大门，拿起扫帚开始扫地。结果因为一边想事情一边扫，在同一个地方扫了十分钟以上。堇从客厅的窗口朝我大声说：“你是想把路挖掉一块吗！”集中精神集中精神！我一边想着，一边努力专注于清扫垃圾。

邻居家的太太正好路过，是一个特别瘦的，像是从《伊索寓言》里走出来的狐狸一样的人。她的左手腕上挂着一个环保袋，是那种集齐面包包装袋上的封口贴纸就可以得到的环保袋。我妈妈也有一个同款。

“你好。”

视线和我对上了，她只好低下头笑着说：“啊呀，你好。”

“做扫除很辛苦吧，你真的一直都做得很认真呢。多亏了你，最近这一带特别干净。”

“啊，谢谢。”

我有些疑惑地点点头。一直都？这个人是一直都从家里看着我做扫除吗？

“还有每天在庭院里念的那个，永远把心放在那啥里面，好像很有趣的样子呢。”

有趣？哪里有趣了？我的脑子里充满了无数的问号。

邻居太太又接连不断地抛出了“店里生意怎么样”“家住哪里”“现在多大年纪了”“还是单身吗”等一连串问题。

“在这种小店里工作很辛苦吧？阿堇不是有点那啥，稍微有点冷淡嘛，肯定有时会对你很粗鲁，是不是觉得工作很累呀？”

“没有这回事啦。她也有温柔的地方。”

我有些不爽了。虽然平时觉得堇的确有些冷淡，这里那里都有毛病，但是一旦别人这样说她，就会不由自主地想维护她。

“啊呀，是吗？”

邻居太太一脸失望地走了。透过低矮的围墙，可以看到她家的玄关处有一个白色的花盆，里面嫁接种植的三色堇可怜地随风摇摆着。仔细看才发现那白色的不是花盆，而是一个上面写着“津轻苹果”的塑料泡沫箱。邻居太太用这样简单粗暴的实际行动告诉我“只要有爱花的心，容器什么的并不重要”；而在这方面，堇对花草的态度用“大大咧咧”来形容更为合适。

我把垃圾扫好倒掉后走进庭院，堇站在窗户旁边看着我。

“最近天气转暖，杂草都生长了不少。”

我环顾了一下庭院，答应了一声，的确如此。

“最近要拔草吗？”

堇交叉着胳膊，摇摇头说：“不用了。”

“为什么？”

“没有为什么。”

回到店里，正好碰到堇打开内门准备进店里。她的腋下夹着一个藤制的小篮子，里面装着的应该是刚刚缝好的书的封皮。书封上的角落里绣着栩栩如生的小鹿和小象，当然还有小兔子。

“说起来，那个太太到底为什么那么喜欢刨根问底地打探别人的事，真是闲得慌。”我一边隔着玻璃窗窥探着隔壁家，一边对着堇抱怨说。

“她那么想知道，直接告诉她不就行了。”

“我不愿意。我可不想被那个太太知道自己的事情。”

“田中你啊。”

“嗯？”

“田中你啊。真的不知道该怎么说你好。”堇怜悯地看着我。

“到底怎么了？”

“太小了。”

“啥？”

堇完全无视我抓狂的声音，接着说：“我不是在说你的个子啦。当然，你的个子也很小，双重意思上的小。”太过分了，我的心灵受到了伤害。

堇从店的角落里拉出一张椅子坐下，靠着桌子用手撑着脸看着我这边。

“闲聊的时候试着放松点，我觉得这样拉拉家常也不会让你损失什么。”

堇看着沉默的我，笑了。她的笑容，让人感觉像是有人用小刀从一张笑脸上削下薄薄的一层，然后贴在嘴角上一样。堇总是这样笑。

“说起来，能帮我摆一下这些吗？”

堇把桌子上的篮子推向我。我突然之间就充满了干劲，大声答应着“交给我吧”，便拿过了篮子。商品的陈列一直都是堇做的，这次由我来做，我感到非常开心。

堇让我把书封放在货架的右边。堇做的书封，每个都非常可爱，特别是动物们的表情有着无法形容的憨憨的感觉，颜色的搭配也是恰到好处。我把书封摆弄来摆弄去，一会儿放在一起，一会儿一个一个摆开，不知道怎么放才好。

“田中。”

这次做的书封里面果然又有兔子。要把兔子放在最前面吗？

“田中！”

不知道什么时候，堇又像个金刚菩萨一样站在我的身后。

“啊？”

“不要全部都摆上。”

“这么小的空间里，把十五个书封全都摆上会让人看着很累，摆个五个就行了，你想一下也应该知道的吧。”堇指着货架说。

“抱歉，因为这些书封都太好看了，我想全部都摆上去……”

我有些惴惴不安地道歉。堇看到我这副样子，脸色缓和了些。

“‘留白’可是很重要的。”

“没有留白的话，看的人会很累。而且要考虑的不仅是货架的空间，”堇抓住我的肩膀，让我向后退了几步，“除了货架，店里整体的平衡也需要考虑。”说完后，堇走回了客厅。

我一边纠结到底摆哪五个，一边回想刚才堇对我的教导。

堇不仅告诉我这样做不行，而且还会告诉我为什么不行，这一点我实在是非常感激，再也不用像之前在白石前辈手下做事时那样，因为不知道原因而无所适从了。

留白很重要。

看着自己在笔记本上写下的这行字，我真切地感受到了堇所说的“看的人会很累”的意思了。

五

留白。留白啊。从那之后，就连今天这样的休息日也都一直想着这件事。

“然后呢?”

“之后怎么样了?”

“喂，你在听我说话吗?”

姐姐看着大镜子中的我，喋喋不休地问道。一母所生的我们俩相差五岁，像两个晴天娃娃一样并排坐在一起。对着镜子里的人说话总给我一种奇怪的感觉，所以我都是尽量去寡言少语的理发师的店里剪头发，选择在一个名字叫作南的，不知是男是女的人开在小巷里的店里剪头发，也是出于这个原因。店里只有南一个理发师。

以前在找理发店时，偶然发现了这家只在外面挂着小小的招牌的店。当时看到在外面擦玻璃的南的身影，就感觉他会是一个很寡言的人，果然每次光顾的时候，南只会说“欢迎光临”“刘海想要做什么样的效果呢”“现在帮您把椅子放倒”之类的话，剪的时候更是一言不发。

没想到这家店居然被姐姐知道了。前几天她和我说：“头发剪得挺不错的，在哪里剪的?”我本想糊弄过去，没想到在卫生间的时候被她发现了钱包里的积分卡。

姐姐每周都带着两个女儿回娘家玩一次，有事没事都要来。今天她来的时候刚好碰到我准备出门，就问我：“你要去剪头发吗？我也去。”于是她就擅自决定了和我一起去剪头发。就这样，虽然很不情愿，但还是不得不这样两人并排着剪头发。名字笔画很多的两个外甥女就那样被塞给了姐夫，恐怕现在姐夫正在玩具店“钱包大出血”中，也有可能跑到零食店或者书店去了。真是可怜。

“话说，那个叫千岁的男人那方面怎么样?”

南面无表情地继续剪着姐姐的头发，剪刀发出让人心情愉悦的轻轻的沙沙声。

“‘那方面’的这种说法太恶心了，而且为什么要问这种问题。别问了。”

“那种又穷酸，外表看上去也不是很聪明的男人会受欢迎的原因，不就只有这个了嘛。”姐姐说。“我可从来没有说过他穷酸而且看上去也不聪明，你可别那样自作主张地认为哦。他不过是一个住在房龄五十年的木制公寓里、气质像柴犬的普通男人罢了。”我向姐姐解释道。

“告诉我嘛，他那方面到底怎么样嘛。”

总之，姐姐好像只想知道千岁的床技如何。我抵挡不住姐姐机关枪一样的连串发问，只好回答说“很一般嘛”。

“啊？‘一般’是什么意思，比较的对象是慎一和你以前交往的那个谁，那个说话声音很小的人吗？”

“那家伙说话声音太小了，来家里的时候完全不知道他在说些什么。”姐姐大声笑着说，“啊，还有那个人，好像是你高中时参加读书社认识的——说起来这个社真是让人不明所以。那个长得不怎么样的。”姐姐又加了一句。把我的初恋对象叫作“长得不怎么样的”，我感觉很受伤，然后突然想到我之前从未和姐姐聊过关于这个人的事情，这家伙肯定是偷偷看了我的日记和邮件！

姐姐从小就把我当成自己的专属玩具一样，关于我的事情她不全部弄清楚就不痛快。

“果然还是因为感觉像狗狗吧。”

“啥？”

“阿妙你啊，就喜欢犬系男。特别是像小狗的男的。”

“慎一感觉像是吉娃娃，读书社的那个说话声音小的、长得不怎么样的，感觉像是小奶狗，”姐姐举例说道，“你自己明明也不是特别有包容力的女孩子，为什么还老是喜欢靠不住的男生？”姐姐又进一步指出这个问题。虽然我们两个分别坐在不同的椅子上，物理上来说是无法靠近的，但是心理上总觉得姐姐在紧贴着我，逼问我。

“说了没有了！我才没有特意选择犬系男交往！只是犬系男特征比较明显而已。”

“真的吗？我不清楚。那就这样吧，我决定了——姐姐我要去一睹真容。千岁的店在哪儿？顺便也想去看看你打工的店，告诉我地点吧。”

“不要！绝对不要！不要来！”

不想被亲近的人，尤其是姐姐看到我在那里打工的样子。那实在是太羞耻了。姐姐听到这话，哧哧地笑着说：“有什么好羞耻的。”

“那你就告诉我那个男的哪里好，你是看上了他的哪一点和他交往的。告诉我嘛，告诉我嘛。”

我用手扶住额头，闭上了眼睛。这个人真的太烦了。

“硬要说哪里好，应该就是温柔吧。”

“就这点？”

“……和他聊天很开心。”

“就这点？”

“……手很好看。”

“哦……原来如此。”

姐姐好像理解了什么，深深地靠在了椅子里，然后说出了“椅子理论”这个词。

“‘椅子理论’是什么意思？”

“人如果这里那里到处奔波，很疲倦的时候就会想要找个椅子坐下来休息一会儿，比如说车站大厅的那种椅子。我所说的就是指这种形式的恋爱。没有希望的恋爱。这是我自创的理论。”

所谓的“椅子理论”原来是这个意思。

“总而言之，你在被慎一甩了之后受了很重的情伤，想要被温柔对待，于是就把温柔当作选择对象的唯一要求。”

“明明不是这样的！”我争辩道，但很快就被姐姐反问“哪里不对”。

“……总而言之，千岁只是我目前在临时工作地的交往对象啦。”

“这样啊。嗯……”

姐姐没有看向我这边。好像是说够这个话题了，她开始玩起斗篷的边缘了。

“但是你啊，我不觉得你是那种恋爱时能够保持清醒头脑的人。还是希望你不要再碰到会让你哭的情况啦，不要老是觉得对别人温柔就能有好结果哟，阿妙。”

“先冲洗一下。”南边说边把姐姐的椅子调低了。镜中的姐姐消失在了洗发台的另一侧。

接下来那周举办手工集市的日子，是个阴天。

天空中布满了云，好像有人在天上铺了一块羊毛地毯一样厚实，云压得那么低，仿佛一伸手就能碰到。然而参加集市的人的热情却丝毫没有受到天气的影响，帐篷下摆满了桌子，有些人还在地上铺上床单，各种各样摆摊的人非常多，卖的东西也琳琅满目：有用旧牛仔裤制作的装饰，有用羊毛毡制作的玩具，有用陶器、皮革、手抄纸制作的信封全套，还有手掌大小的盆栽。

千岁把手背在身后慢慢走，我一边左看右看，一边寻找着莲太郎。

“啊呀，千岁，真是巧呀！”突然有个女人上前和千岁搭话，我只好看看面前的店里的商品。千岁寒暄完后，看到我正好挑了一个串珠戒指戴在手上把玩，就问我：“想要那个吗？”看到他掏出钱包准备付钱，我慌忙说“不用不用”，急忙把戒指摘下来，拉着千岁赶紧离开了。

莲太郎的女朋友的店，在神社本殿背阳面的一个不太显眼的地方。台子上放着宣传卡，两人并排站在台后。我和千岁注意到的时候，莲太郎正在向我们挥手，看上去就像小孩子看到飞机或者新干线时兴奋地挥挥小手一样。

“莲，你又长高了。”

千岁微微眯起眼睛，仰头看着莲太郎。

“没有长高，是你自己变矮了吧。”

莲笑了，然后和身旁的女朋友介绍说：“这个是我爸爸，这个是我爸爸的女朋友，在我妈妈的店里工作。”

莲太郎的女朋友长得非常可爱。栗色的鬈发一直到肩，长长的睫毛忽闪忽闪。她鞠躬时不是身体前倾而是身体侧倾，让我感觉有些不可思议。

“初次见面，你好。”

莲太郎看着女朋友在行着不可思议的见面礼，开心地笑了。我们在旁边看着他们恩爱的样子，都感觉自己像电灯泡一样了。

莲太郎对着我和千岁说："怎么样，我就说来了肯定很值得吧。"说不定他实际的意思是："来了（见到了我可爱的女朋友），（你们俩）肯定（感觉）很值得吧。"

"你好。"

我冲她点点头，看向了台子上的明信片。明信片上用水彩淡淡地画上了小鸟、彩虹、少年，或是小狗和少女、四叶草等等，每张明信片上都写上了一些不同的话，像是"一步一步来"，或是"只要活着，就一定有希望"等等。还有"梦想"呀、"未来"呀、"希望"呀等等单词。有一张上面写着"绽放笑容吧"，大概是让人打起精神来的意思。

莲太郎的女朋友笑眯眯地看着我，可我有些说不出话来，感觉自己的冷汗都要流下来了。老实说，真的感觉很恶心！我最讨厌这些装腔作势的东西了。这个时候莲太郎插了句话说"那就每种都买一个吧"，感觉自己终于从尴尬中被解放了出来，不禁长出一口气。

莲太郎的女朋友将明信片放进盖着可爱的松鼠印戳的袋子里，然后又用印着可爱的水珠图案的胶带把袋子封口。不知道什么时候，莲太郎抱着双臂站在了我的身边。

“你刚才肯定在想‘都是些什么明信片啊’，是吧?”

“我没有!”

莲太郎俯视着我，抖了抖肩。

“你刚才明明‘唔’了一声。”

“我、我、我才没有那样想！真的！我只是有些意外，莲太郎原来喜欢这种类型的女生。”

千岁一边等着莲太郎的女朋友找零钱，一边好像和她说了什么玩笑话，两个人哈哈大笑。

“就是那样啊。那些明信片的确很差劲。但是她一直认为这些土气的话能让大家打起精神来，是一个很感性的人。她真的很可爱。”

莲太郎满怀爱意地看了她一眼，又笑了。

拿过装着明信片的袋子后，我们和莲太郎他们道了别。千岁突然有些厌倦了似的说了句“我们回去吧”，就开始快步往回走。我边赶路边问道：“这些明信片要怎么办?”千岁稍微思考了一下后，回答道：“要么分给商店街里的人吧。”平时经常从商店街的店主那里得到有益身体的茶和糯米团子，以及诸如塑料炊帚之类的自制用具，这些就当回礼送给他们了。

“真的会有人想要这些吗?”

我边走边歪着头想。至少我是不想要的。

“肯定会有人想要的。不是有很多居酒屋的卫生间里都挂了写着这些话的日历嘛。”

“所以大概是会有人需要的。”千岁一边悠悠地说道，一边抬起头仰望着好像铺满了灰色羊毛一样的天空。

樱花开始绽放的季节里，店里迎来了新的客人，是一位三十多岁的女人，挺着一个大肚子。女人一开始只是隔着屏风窥探店里，我刚好从银行回来，店里是堇在看着。

“啊，请进来逛逛。”被我这一搭话，女人显得有些犹豫了。她低着头，过了一会儿轻轻地点了点头，跟在我身后走进了店里。

女人从包里拿出了一个破旧的人偶，说道：“请给我一个与这个搭配的棺材盒子。”堇拿起那个和女人一模一样的人偶，仔细地看了好一会儿。

人偶的头和手脚都是用塞满棉花的工作手套制成的，人偶的头上缝上了毛毡制成的眼睛和鼻子，头发是毛线制成的，看上去应该是自制的。人偶已经破旧不堪，有些地方破得棉花都跑出来了。

堇取出一个木箱给女人看。这个木箱简直像是专门为那个人偶定制似的，刚好能将人偶收纳其中。堇将边缘镶着蕾丝的手帕盖在人偶身上，就像给人偶盖被子一样温柔。堇又走到了庭院里，摘下来一些像是蒲公英的黄色的花摆在人偶的身边。看到这些，女人欣慰地点了点头，时不时轻抚自己的肚子。我从店里搬出一张折叠椅，请女人坐下来。看着在庭院里用铲子挖土的堇和我，女人开了口：

“那个啊，是我的母亲做的。”

说到母亲的时候，女人的嘴唇有些抖动，好像有些说不下去了。

“不说话也没事的。”

堇温柔地制止了她，继续挖土。看到棺材盒子完全被土盖住后，女人向满手是土的堇和我缓缓地低头行礼。堇双唇紧闭，目送着女人轻抚着肚子远去。这也是她平时送客的表情。

“你不想听那个人说话吗？”

我一边走进店里，一边问堇。堇用不可思议的眼神看着我。

“看她那么难以说出口，我还以为她是不想说。”

“但是这世上也有一种人，别人不三番五次地催促他说话，他就不会开口的。”

“三番五次？！”

堇小声地叫了出来，又闭上了嘴，然后就那样走进了客厅。我开始制作袋子。这些用包装纸裁剪制成的袋子是为了配合商品使用的。我一边剪着纸，一边想着要不要做一个店名印章印在袋子上。这是看到莲太郎女朋友装商品的袋子上的松鼠邮戳而想到的。

工作了两小时后，连接着走廊的门开了。堇从门后探出头，突然说："有可能是那样。"

"什么?"

"你刚才说的。"

说完这句话后，堇又把头缩了回去。

没想到让堇说出这句话足足花了两个小时，不过能够得到堇的一点认可就已经让我感到有些兴奋和害羞，我一边剪包装纸一边"嘿嘿嘿"地笑了。

就因为这样不停地傻笑，导致我不小心把包装纸给剪多了，然后自然又被堇骂了："你怎么剪了这么多，仔细想一下也知道用不完的啊!"把这件事讲给千岁听的时候，我又不由得傻笑起来。

"你们俩相处得挺愉快的嘛。"

千岁趴在被子上，两手托腮望着窗外。今天我和他都是休息日，从白天起两个人就一直待在房间里无所事事。窗外非常明亮，倒显得开着灯的房间比较昏暗。我枕着千岁的背，仰望着天花板。天花板上有一块葫芦状的污渍。千岁没有穿衣服，我挪动头的时候，头发和千岁的皮肤相摩擦，发出细小的声音。

“阿妙，你一开始的时候面对堇有些战战兢兢的呢。”

“因为堇一开始很可怕嘛。说话语气那么强硬。”

听到这话，千岁好像想起了什么，笑了。

我接着说道：“我和之前公司的前辈也相处不好，因为我这个人吧，一旦在别人手下工作的话，就容易没有自信。但是堇即使生气了也会好好告诉我原因。”

千岁让我让一下，坐了起来。

“之前的公司里发生什么事了吗?”

千岁边问边穿起了内裤。可能是觉得问严肃的问题时全裸着身体不太好吧。

我双手撑在榻榻米上，伸直了双腿，和千岁讲起了白石的事情。“我还真是没用呢。”我故意开玩笑说。如果不这样的话，我怕眼泪会流出来。听完我的话后，千岁有些孩子气地说：“那些人是傻瓜。”

“也不用说人家是‘傻瓜’吧。”

平时从来不贬损人的千岁突然说出这种话，让我有些吃惊。

“本来就是那样的嘛。教导后辈是前辈的工作，不教导的话就是怠慢工作，如果不会教导的话就是无能了。”

“嗯，就是这样。”千岁边自言自语边点了点头，“无论是工作还是工作以外的情况下，总有一种人能够发现别人潜在的优点并帮助别人正视其优点，也有一种人是完全做不到这些的，那个人就是后者。”不知道什么时候千岁端坐在棉被上。

“她那是无能。”

千岁的眼神很锐利，那是狙击手的眼神。被枪口瞄准的我不禁屏住了呼吸。

“我觉得是我自己不行来着……”

越想要摆脱自己无能的状态越去拼命努力，结果连劲都不知道往哪里使，而白石的笑意却越来越深。

千岁站起身，向厨房走去。好像从冰箱里拿出来了什么东西，在洗手台边冲洗。

“最好不要老是说自己不行哟。像他们这些人就喜欢看到对方害怕懦弱的样子，从中获得满足感。不要成为这些看不起别人还沾沾自喜的人的笑柄。贬低别人是不会让自己变好的。”

千岁边说边走了过来，手里拿着装满了草莓的玻璃碗。“这些是蔬菜水果店的美惠给的，给你吃。”千岁说着往我嘴里塞了一颗草莓。

能和千岁说这些真是太好了。

原来，在之前的公司里，我比自己想象的更加不开心。但也并不是说刚才的对话就能让我忘掉之前的一切、卸下重担，不过总算是感觉轻松一些了。可能是那几颗草莓的作用吧。

谢谢你。我本想向千岁道谢，但是千岁一颗接一颗地往我嘴里塞草莓，让我想说也说不出来。

原来不是我不行的缘故呀。我松了一口气，咕咚一声吞下了草莓。但是。

“但是啊。”

我按住想继续喂我草莓的千岁的手。

“如果不是我不行，而是白石前辈自己的问题的话——”

“嗯。”

“假如我当时从那家公司辞职，到其他公司上班，结果又碰到白石前辈那样的人，发生同样的事的话——”

“嗯。”

“那样就还是我的不是了。”

不管是在哪里，不管面对的是谁，我都只能是我，无法变成别人。最重要的“我”如果去随着身边人的改变而改变的话，总觉得有些不可靠。

“希望自己更加这样、更加那样，不去动摇而去积极争取，我觉得我缺少的可能是这种精神。”

脑海中浮现了堇的站姿。

“哎？不动摇是什么意思？‘不改变’吗？”

千岁又想往我嘴里塞草莓，我赶紧夺下草莓塞进千岁的嘴里。吃东西的话就很难思考复杂的问题了。千岁一边咀嚼一边拼命思考。

“总感觉不对……”

“不对。”

“嗯，感觉不太对……不行了，我不懂。”

我抱起了头。

“慢慢思考吧。”

千岁温柔地说着，轻轻地扬起了嘴角。

六

“田中，田中！”堇边喊着我的名字边打开了门。看店的时候想起来昨天千岁说的话，我便主动打扫起货架上的棺材盒子上的灰尘，听到堇叫我，我停下了手头的活。

“跑哪儿去了？”

“我一直在这里呀。”

“我是说你的心思。”堇看着我。她的站姿还是一如既往的“不动摇”的感觉。

“不说这个了，田中，帮帮我。”

堇把一个电话本大小的箱子放在桌上。箱子里装满了画着圆形记号的布头。

“帮我沿着记号裁剪一下吧。”

手里握着裁缝剪刀，感觉特别重。“这些全都要剪吧？”为防万一，我向堇确认了一下。有不明白的地方要积极确认，这也是我要学习的。

我坐在堇的对面，两个人都开始沿着圆形记号剪起布头来。

真是让人怀念。我一边裁布一边想。距离上次摸到裁缝剪刀都不知道过去多少年了。是从高中的手工课以来就没有摸到过了吧。高中手工课的老师脸长得像杜父鱼一样，上他的课时因为不认真听讲，经常被骂。我又是从什么时候开始讨厌手工课的呢？明明刚上小学四年级的时候还特别期待即将要上的手工课的。

记得现在在上着绘画信纸课和夏威夷褶裙课的母亲，在那时也报名上了一个人偶师的课。那时的我特别羡慕母亲可以使用裁缝箱，我对那里面的每一个工具都很感兴趣。

“很可爱吧，阿妙。”母亲边给我看书里的人偶的照片边问我。见我表示赞同，母亲拿出了毡布，教给了我一些简单的制作人偶的方法。

“真羡慕人偶师，能够从事这么有趣的工作。”我一边缝，一边自言自语。“阿妙以后也想成为人偶师吗？”母亲微笑着问我。虽然只是一个玩笑，我却当了真，在山本惠美子老师发的笔记本上写下了“我要成为人偶师”。写完后感觉自己心潮澎湃。将自己的想法写出来的话，总感觉有些东西就不一样了。

因为有了这个想法，我就开始画自己想要制作的人偶。其中也包括人偶服装的设计。我在下课的时间也画，已经完全是到了忘我的境界，以至于上课铃响了老师进来了都没有觉察到。

给休产假的山本惠美子老师代课的，是一个头发像蟑螂一样黑得发亮的男老师。名字不知道是叫松尾还是松冈还是松本，现在已经不太想得起来了。总之这个松某人只会亲昵地称呼成绩好的或者长得好看的孩子为“悠人”或“小美”，对其他的孩子都只是以姓来称呼。

松某人看到我在班长喊了“起立”后还在继续画画不站起来，径直走到我的身边，拿过了我的笔记本。“‘我要成为人偶师。’哎哟。”松某人大声地念了出来，走回了讲台，把我的画展示给大家看。

“真是厉害啊，靠卖人偶能吃饱饭吗？田中你真是了不得啦，虽然算数不咋的，梦想还挺大的嘛。真是‘艺术家’呀。‘艺术家’。”全班哄堂大笑。松某人笑嘻嘻地重复着“艺术家”三个字，回到了我的座位边，把笔记本扔给我。

那是第三学期时的事情，从那之后我就不再写笔记了。我的梦想遭到了全班同学的嘲笑，像我这样的一无是处、算数又不咋样的笨蛋是不配拥有梦想的。我把笔记本里画着我设计的人偶的部分全都撕掉扔掉了，不再喜欢手工课了。算数也更差了。

如果那时，他们的反应有所不同的话，我会不会走向完全不同的道路呢，就像堇一样。

“手停了哟。”

堇丝毫没有放慢手头动作，严厉地对我说。我一个激灵，赶紧重新拿起剪刀。

“抱歉。”

然后又赶紧停止杂念，专心裁布。

“田中呀。”

裁出来的圆形布头都可以堆成小山的时候，堇突然说话了。

“我们现在关门，去赏樱花吧。”

现在？这个人真是任性。

“我们两个人去吗？”

“你要是想邀上健太郎的话就喊他吧。”

堇淡定地说。我才不要。我赶紧摇了摇头。要是喊上他，他还真的来了的话就更尴尬了。

“吃的便当的话有手卷寿司就好了。”

做的人当然是我。不过这点小事倒也没什么。我一边做手卷寿司，一边竖起耳朵偷听堇在和什么人打电话。“嗯嗯，对，去赏樱花。就是那个公园。你也过来吧。回见。”

两个小时后，一辆破破烂烂的小型汽车停在了店门口。

“这是我向女朋友的爸爸借的。”

莲太郎从驾驶位露出脸来，笑了。堇略带讽刺地大声说：“真是个会过日子的爸爸！”一边爬上了副驾驶位，我坐上了后座。车顶太低，前面的两个人只能弯着腰，后座座椅的罩布上开了很多小洞，座椅里的海绵都跑出来了。用手戳一戳，被太阳晒干的海绵都碎成了末。

车开了大概三十分钟到达了“那个公园”。是一个只有石凳和两个木马的冷冷清清的公园。太阳已经落山，环绕公园的樱花树正在盛开，除了我们之外公园里没有其他人。

“这里是一个灵异地点，所以不会有人来的。”

堇正想接着说灵异地点的灵异之处，被我大声制止了。

“而且这旁边就是一个臭水沟。”

说起来的确有股臭臭的味道。堇在樱花树下铺上了桌布。

去年在大公园里赏樱，因为不知道要事先去占位置，结果到了那天到处都是人，只能在公园里走一走了。

慎一走得很慢，一直都很慢。而且那天他时不时停下来仰头赏花，好几次我正和他说着话一回头人就不见了。

“阿妙你为什么总是走在我的前面？”慎一有些不满地说。

“还不是因为你走得慢。”听到我的回答的慎一眉毛撇成了“八”字，望着远方说：“我感觉自己老是在看着你的后脑勺在行走。”我听后什么都没说。

我那时只是觉得这个男人为什么因为这么点小事就要望着远方忧郁一阵子，真是麻烦。

如果那个时候我向慎一道了歉，走在他的身后的话，是不是后来就不会被悔婚了呢？慎一就那么讨厌我不随着他的步调来吗？

我正胡思乱想的时候，莲太郎几乎把便当都扫光了。

“你也会给那个人做饭吗？”

莲太郎把自己的父母亲都称为“那个人”，所以必须得根据具体情况判断他说的是谁。

“没有做过。”

“我不想对千岁行使这种‘手段’。”堇突然站起来说“我去看一下水沟”就走了，莲太郎目送着堇，问我：“为什么?”告诉他原因后，莲太郎哈哈大笑。

“你说得太夸张了。不就是煮点东西炒点东西嘛，称之为‘手段’也太夸张了。”

“这话倒也没错。”

莲太郎吃完了我“煮的东西”“炒的东西”后，笑吟吟地看着我。

“是不是和那个人不会做饭有关系?”

“没有啦。”

我一边收拾碗筷，一边避开莲太郎的视线简短地回答道。面对不会做家务却曾和千岁结过婚的堇，如果我使用了“手段”还不能赢过的话，倒也是很遗憾，但也不会到伤心的地步。因为千岁只是我“总而言之”之人。

千岁肯定也是这么想的。他前阵子还说过类似的话：“小妙出嫁的时候应该怎么办好呢?”诸如此类。听到这些，我当时可能露出了奇怪的表情，千岁好像要说什么的样子，又闭上了嘴。

如果千岁想的是和我结婚的话，肯定说的是“嫁给我的时候”，绝对会是这样。

回过神来的时候堇已经回来了。

“水沟怎么样?”

“还不是水沟的样子，一点没变。”

起风了。堇仰起头，双手伸向空中，想要接住向下飘舞的花瓣，莲太郎也模仿她这么做。长得就像一个模子刻出来的两个人表情严肃地摆出同样的姿势，看上去就像在举行什么神圣的仪式一样。

才和莲太郎说了关于做饭的话题不久，我就跑来千岁的家中做饭了。

堇那里有住在岛上的亲戚送的满满一塑料泡沫箱的鲣鱼，数了一下，有十条以上。装满碎冰的泡沫箱中的鲣鱼看上去就像磨得很亮的刀刃一样。“看上去真的像在发光呢。我们烤鱼吃吧。”说着就剖了三条。剖到第二条的时候，堇从我身后看了一眼，大声说道:“好了田中，剩下的请都给健太郎吧。”

堇好像很不喜欢鲣鱼，把剩下的鱼连同整个箱子都给了我。没有办法，我只好下午下班后抱着箱子跑来了千岁家。

到了店里，千岁看了一眼箱子，好像明白了什么似的“哈哈”笑了一声。

“一起吃吧。”

千岁笑着对我说。我本想说“不了，午饭还有好多没吃完（因为堇不吃鲣鱼）”，但看到他的笑脸还是没办法拒绝，点点头答应了。

“那借我用一下厨房。”我刚说完，千岁就一边说“砧板在这边”，一边很自然地走进了厨房给我帮忙。我一开始没想到会是两个人一起做饭，有点吃惊。

千岁家的菜刀都磨得很光亮，看起来应该是经常做饭。鲣鱼全部都切成三片大小，一半放进冰箱冷冻起来。

切鱼的时候突然意识到可能切得太小了，赶紧问千岁要不要紧，千岁看了一眼砧板说：“没事，切小点也没什么大不了。”他是那种对小事都不怎么在意的人。

“我不怎么喜欢吃烤鲣鱼。”

千岁说，于是就决定做炸鱼了。我往烧热的油锅里小心翼翼地放鱼，千岁在我身边切包菜，手法看上去比我还要熟练，我不由自主地夸了一句“真厉害”。千岁有些惊讶地看着我：“不就是煮点东西炒点东西嘛。”

莲太郎说得对，在这个人面前将做饭称之为“手段”实在是太夸张了。

我真是想得太多了。突然感觉有些泄气。千岁抬起头，嘴角上扬地看着我：

“好开心呀。”

“是吗？”

“嗯。感觉我们就像图画书中的人物一样。”

听千岁说，他以前给莲太郎读过一本叫《两只老鼠》的画册。两只老鼠关系很好，经常两鼠一起收集松果，或是用平底锅做蛋糕。

“当时读了之后就觉得那样真是太开心了。”

“那本画册我也读过。那对老鼠不是恋人或是夫妇关系，应该就是伙伴关系吧。讨厌，干吗非要是公主和王子。不过的确如果两人的关系中有一些情色部分也挺好的，你看我们两个不就算是——”刚要接着说下去，手背不小心碰到了平底锅，痛得大叫了一声。从没想过自己会发出那样的喊声，我有些吃惊。

“没事吧？”

千岁慌忙拉着我的手放到了水龙头下，让我冲一冲凉水，自己赶紧跑出厨房，一会儿提回了一个医药箱。大概是刚刚出门去借的。

千岁帮我涂了软膏，包上了纱布。正要缠绷带的时候我连忙制止了。

“这个就不用啦，已经不痛了。”

其实还是有些刺痛的，不想搞得太夸张就撒谎了。

“就算你觉得不痛，烫伤还是烫伤，要好好处理。”

千岁边给我缠绷带边教导我。

“不好好处理的话会疼很久的哦。”

我举起被缠上绷带的右手仔细看，还是觉得缠绷带太夸张了。

平复好心情后继续开始做晚饭，我帮忙把碗筷摆在矮桌上。

“在岛上生活的时候，小菜的话还是和鱼相关的比较多吗？”

“说是小菜，其实我们都是把海胆和牡蛎当点心吃的。”

“啊？难道妈妈会说‘今天的点心是海胆哟’这样的话吗？”

我想象了一下场景，觉得有些好笑。千岁没有笑。气氛有些奇怪。我正觉得有些不对劲，想要解除这种尴尬状态时，千岁先开了口：“不是啦，那些都是要自己去找的。”然后向我解释了寻找吸附在岩石上的牡蛎的方法。

“小菜都很简单。”

“是吗？”

“白米饭，配上一大碗生鱼片之类的菜。”

“一大碗？”

“对，一大碗。”

边吃边聊不小心吃得有些多，我悄悄解开了裙子的腰带，藏到了包里。

脸朝下边吃边聊的话，嘴里的食物会不小心掉下来，所以我们都是仰着脸吃。两人并排看着天花板，千岁突然嘟囔了句“点心”。

“‘点心’这个词，真是可爱。”

“在说什么呢？”

“啊，没什么，就是突然想到的。”

“‘筷子’呢？”

我指着桌上的筷子，千岁摇了摇头说那不一样。我思考了一下字面意思和发音都可爱的词。

“小鸽子。”

“胡桃。”

“哈欠。”

千岁接连不断地举例。我插了句“眼睑！啊，不，这个稍微有点……”又犹豫了。看着歪着头陷入思考的千岁，有那么一瞬间，我觉得这个男人真是笨蛋。但同时又觉得他很厉害。如果我是他的话，可能会有些犹豫，觉得这个话题不太像大男人应该提的，可能会被眼前的人瞧不起。也正因为如此，我很佩服他的那股即使可能会被比自己小的女人看不起却也很淡然的镇定劲儿。可能这个男人的境界已经超越了所谓的“面子”了。

“小猪。”

果然，他其实还是什么都没有想吧。千岁就是这样的人。

“沙丁鱼?”

“唉，这个哪里可爱了。你不要把名字可爱和沙丁鱼自身的可爱弄混了。”

被千岁这样全盘否定，我也有点急了。

“那你说一下，听上去很酷炫的名字。”

“肉毒杆菌!”

“病原体!”

我们两个几乎同时脱口而出。看来在“细菌的名字大多比较酷炫”这一点上，我们俩还是意见一致的。我们站起身去洗碗。做两只老鼠，这样一起快乐地生活在一起也挺好的。我看向拿着海绵满手泡沫的千岁想。

“小妙。”

“嗯?”

“把海放进去。”

不太明白他在说什么，一瞬间我有些愣住了。千岁边擦着碗边轻轻地说：“你之前不是问过我如果往棺材盒子里放东西的话会放什么吗，这就是我的回答。”

“把海放进去?”

这个回答过于“宏大”，我一时间不知道怎么回答。“是的，把海放进去。”千岁说。然后就继续洗碗了。

七

“有时候突然想要敲一下头，不是吗?”面前的这个女人说。“啊，打头?”被问到的女人点点头，头发跟着一起摇来摇去。女人名字叫作桃子，虽然是十分钟前刚认识的，但说话时亲昵的语气就像是很久以前就熟识一样。

刚才和堇一起念诵“永远把心放在棺材盒子里”时，千岁领着这个人走到了院子里。

“这是桃子，是我住的公寓房东的女儿。”

桃子穿着鲜艳的粉色连衣裙，看上去像是芭比娃娃一样。长长的睫毛微微翘起，脸也是小小的，微卷而浓密的头发披在肩上。

之前听说过千岁住的公寓房东家女儿的事情，据说是一个离了婚回娘家住的三十多、快四十岁的女人，一边照顾生病的房东一边管理公寓。根据这个传言而联想到的女人和眼前的女人形象差别太大，我呆住了。

“和她说了堇做的棺材盒子的事情后，她觉得有点兴趣，我就把她带过来了。”

堇边说“请进”，边掏出钥匙开门。我站在外面看着她们俩进去，身旁的千岁的视线从桃子的连衣裙向下移到她修长笔直的腿上，直到玻璃门关上才恋恋不舍地移开。

千岁看女人的脚或者胸的时候不是瞟一眼，不是目不转睛地盯着，也不是色眯眯地看，而是以一种像在美术馆鉴赏绘画时的那种恬淡的表情凝视着，有时候会让人觉得有些尴尬。我一提醒他看太久了，他就反问我：“如果身旁有花盛开的话，谁不会欣赏呢？”说得我好像是那种对美不屑一顾的人一样。

“我也该回去准备开张了。”

千岁回去了。我走进店里，桃子正站在货架前看着商品。

“我还不知道车站的这边有这样一家店。”

“是吗？”

堇的语气十分冷淡，完全不像是想做生意的人，但桃子好像对此完全不在意。

“那个看板。”我不小心脱口而出。

“公寓前面摆着的那块招牌……”

果然，自己还是很在意“SaKuRa Apartment（樱花公寓）”的“SaKu”掉了的事情。

“啊，那个啊。”

桃子笑了。“我父亲是个特别小气的人，那个招牌之前因为台风把一些字给吹没了，要做新的招牌的话又要花钱，父亲舍不得所以就没有做新的，说是公寓的名字不管怎么样都好。五年前他去世了，走之前还一直还和我说那块招牌不用换。”说着，桃子自己也笑出来了。

“因为母亲喜欢樱花，所以公寓的名字就叫作樱花公寓了。”桃子接着说起了住院的母亲的事情。

“有时候突然想要敲一下头，不是吗？”

“打头？”

“是啊，打母亲的头。”

“啊……”

我不知道该怎么回答。

桃子的母亲在桃子父亲过世之后不久就出现了老年痴呆的症状。虽然有桃子和桃子的哥哥照顾着，但还是会有时半夜偷跑出家门在外面迷了路，桃子和哥哥有些吃不消，打算把母亲送进养老院，结果在进养老院前母亲又被查出有肾脏方面的毛病，现在在养老院一同开设的医院里住院。听起来是件很麻烦的事情，桃子却讲得很轻松："哥哥是单身，工作也基本上在家就能完成，所以这方面还挺轻松的。"

"我和哥哥换班，每隔一天去医院看望母亲。但这样的生活还是很艰难。虽然如此，自己的发型呀、服装呀什么的，还是得要认真对待，不是吗？"

桃子坐在椅子上说。她说话时好像很喜欢加上"不是吗"。她的双手放在桌子上，指甲剪得很短，磨得发亮。

"不这样做的话就不能去医院，不是吗？"

与其说是为了好看，不如说是把这些当作自己的武装。我明白她的想法。在公司工作的时候我总是认真打扮自己，但绝不是为了想让别人觉得我很好看。

"为什么想要敲母亲的头呢？"

"还不是因为她太任性了。'想要出去'呀、'饭太难吃了'呀、'不喜欢这里的睡衣'呀、'不想用尿壶'呀，每天每天每天都在发牢骚。有时候甚至还会做出在床单下藏圆珠笔之类的让人不知所谓的事情。

"真的，她真的就那样什么都不知道了。把哥哥当成是医院里的医生，还叫我‘良子’。良子是我的妹妹，三岁的时候夭折了。为什么那么久之前的事情都记得却把我给忘了？我知道这是老年痴呆的症状，但是，即使知道了也很讨厌。真的很讨厌。

“她还没患病的时候是一个很极端的人，我小心翼翼地靠近她的时候就会被她嫌弃我‘很吵’呀、‘只知道花钱’呀、‘光看我就心烦’之类的。但有时候又会非常温柔，轻轻地叫我‘小桃’。这些事情我全部都记得。为什么她却全都忘了？”

一口气说完后，桃子的脸上浮现一抹浅笑。是那种本想要冷静地说完，最后还是没忍住的悲伤的笑。

“不是经常有那样的事吗：媳妇照顾以前对自己很不好的婆婆，看到婆婆已经老成那副样子，缩成了小小的一团，也就说不出什么怨恨的话了。虽然对过去不能释怀，但也只能让其随着时间淡化了。多么宽厚的人啊。为什么她们能够那么冷静温柔地给病人按脚、给病人擦身体呢？你说，为什么我就做不到呢？”

堇坐在桃子的对面，安静地听着她的话。我默默地站在桃子的后面。

“就因为如此，我才想要把记忆埋葬起来，不是吗？这样做的话绝对会比较轻松。老是想着为什么为什么地去照顾她的话自己心里也不好过。既然现在她不把我当女儿看待了，那我也不把她当亲人看待好了，就当成是做志愿者活动去照顾她好了。这样的话肯定会比较轻松。”

堇朝向我这边，无声地说了句：“喝的。”

我走进厨房，在柜子里翻找可以冲泡的喝的。不仅是桃子，来这家店里的客人们大多都有一些心事，这个时候我就希望能端出能让他们镇定心神的饮品。好像之前在哪本杂志上看到说菊花茶是天然的精神安定剂——不，好像不是菊花茶。我一边找一边想，结果还是没有弄清楚是不是菊花茶。当然，这个家里也不会有菊花茶的。没有办法，只能拿出红茶的罐子了，至少红茶也比较好喝。我泡好红茶，装在托盘里端回去，这时，桃子还是坐在椅子上，但看上去比刚才要镇静一些了。看来我不在的这一会儿，两人应该是谈了些什么。

“那该怎么办？”

堇指向摆放着棺材盒子的货架。

“也对哈。”

桃子站起身，从货架上取下一个缀着很多纽扣和串珠的盒子仔细打量。她把盒盖开了又关，关了又开。

“还是算了。”

“啊？”

我不由得提高了声音。堇的表情还是没有变化。

“不埋了。”

桃子笑了。但是她的笑容不是之前的那种悲伤的笑了，而是肩膀有些耸起来的、害羞的笑。然后就开始一边品红茶，一边发出感叹：“好烫！”“好烫，但是很好喝！”

虽然没有买棺材盒子，但是桃子买了一个布制的小黑兔。小黑兔只有十厘米左右长，穿着红色的上衣，四只脚因为是用针线细心地缝好的，所以动作看上去很自然。

“拿回去装饰在老妈的病房里。”

我把小黑兔装进纸袋里递给桃子。桃子从纸袋上方用手轻轻地戳了一下小兔子，向我道谢，然后就摆摆手走出了店门。

“你到底和她说了些啥？”

桃子走后我按捺不住自己的好奇心赶紧问堇。堇一脸惊讶。

“我没说什么呀。”

“那、那为什么她突然就那么镇静，若无其事地买一只兔子就走了？”

“不知道。可能在说话的时候，她自己的身体内部发生了某种‘急剧性的变化’吧。”

“‘急剧性的变化’？是啥？”

“你肯定也有过类似经历吧。”

“没有!”

“嗯?真的吗?嗯……”堇兴致寥寥地嘟囔了几句，又回到了客厅。

完全没办法理解，所谓的“急剧性的变化”到底是什么?下午下班后我又跑到千岁纽扣店来报告了。

“桃子有时候会有些任性啦。”

看着坐在沙发上因为不能理解而气鼓鼓的我，千岁一边用棉布擦着装有纽扣的瓶子，一边有些闪烁其词似的回答道。

就算碰到了任性的人也很坚定。

果然还是毫不动摇这一点呀。我有些感叹，拿出笔记本刚要写上这句话，千岁坐在了我的身边。

“你老是在写些什么?”

“啊，这个啊。写的都是些注意事项呀、愿望呀、目标呀什么的。”

“目标啊。”千岁喃喃自语，歪着头看着本子。

“好像写了很多的样子。”

重新翻阅本子的时候，发现有很多地方写了之后又用双横线画掉，有些是完全不记得自己曾经写过这样的话，有些都看不懂写的话是什么意思，感觉最近的自己就像是个迷路的孩子。

“写是写了很多，但完全没有作用。”

突然感觉有些难为情。山本惠美子老师，做这种事情真的有意义吗？可能根本没有意义吧。那个时候虽然写了“要早起”之类的话，结果还是每天早上被妈妈叫醒。

“不用想那么多，写一个就行。先确定一条最重要的信条，后面的小事再慢慢做。”

“对千岁来说，最重要的信条是什么？”

“嗯……”千岁用手撑着脸认真地思考着。

“那我就决定我的信条是‘永远注视着小妙’。”

听上去就像是安慰人的话。千岁微笑地看着我。

“这算是什么？”

合上笔记本，我闭上眼睛叹了口气。听到我的叹气声千岁搂住我的肩膀说：“想太多的话又会发烧的哟。”靠着千岁的肩头，我又小声地叹了口气。

“怎么说呢……在堇的手下工作，有时候会感到很寂寞。”

因为不能分享堇和客人之间那种“相互理解的气氛”而感

到寂寞。因为目前还不能理解堇的做法而感到寂寞。一想到自己的这种不甘的情绪堇一次都没有过而感到寂寞。我憧憬着堇的强大，同时又对此感到不甘和恼火。强大的人让我不敢恼火，又让我觉得心里寂寞。

“千岁不会寂寞吗？”

面对着总是一个人生活、一个人处理事情、站立的时候也要站得很稳，好像随时都在举着一个上面写着“我不需要你的帮助”的牌子的堇。

“嗯……”

千岁的手指啪嗒啪嗒地在我的肩膀上敲着节拍，我转过头去看向他的手指。千岁的手指每根都很长，食指、中指、无名指的长度几乎相同，指甲都修剪得很干净。

“但是感到寂寞不是必然的吗？因为我们是人类啊。”千岁突然说出了这种不可思议的话。

“必然？”

“嗯。感到寂寞是很正常的事情，理所当然的事情。”

“就算我们两个这样待在一起也还是会寂寞。但这也是很正常的事情。所以如果有一瞬间，哪怕是很短的一瞬间，能够和某人心意相通的话就会很开心。为了那一瞬间，我们就要想尽办法去使用声音、眼睛、手势来表达自己。”千岁说着，手指还是啪嗒啪嗒地敲着节奏。

我伸长了脖子，吻上千岁的脸。他的脸上还有些没剃干净的小胡楂，扎到了我的皮肤。“真扎人。”千岁又开心地笑了。

喜欢千岁的笑。喜欢他的手。喜欢他那无论说奇怪的话时还是很棒的话时语气都不会变的淡然。

综合起来看，我已经喜欢上了千岁，而且是非常喜欢。突然又想起了“椅子理论”，感觉有些糟糕。本想着只坐在椅子上稍微休息一下，结果太舒服了反而不想起来了。真的太糟糕了。

感到寂寞是很正常的事情。理所当然的事情。我小声地念着。是啊，人本来就是孤独的。每个人都在孤独地战斗。我也要加油。不过说到战斗，战斗的对象是谁呢？

满载着亲戚们的小面包车早上十点开到家门口，来接我们去参加姥姥七周年忌日。姐姐一家和弟弟一家都有自己的车，只有我和父母亲没有办法只能坐上那辆小面包车了。

姥姥之前都是跟妈妈的姐姐美树姨妈一起住，她是一个将自己的白发染成浅紫色、笑容爽朗的老人，是一个和我差不多大的演歌歌手的粉丝。姥姥享年九十八岁。可能是和她平时大大咧咧的作风有关，某天晚上道了晚安后她就那样长睡不起，安详地去世了。可能也因为如此，举行葬礼的时候不知道为什么气氛很明快，出棺的时候没有一个人哭，大家都带着笑容轻抚姥姥的脸，和姥姥道别，那个场景让我永生难忘。

姥姥去世后的葬礼是这样，如今的七周年忌日还是这样，气氛已经不是哀悼而是欢快的祝贺了。

在寺院里诵经后，大家又坐上面包车，前往预约好的饭店。本来应该是一大家子坐在二楼的包间里一边吃饭一边共叙美好的回忆，表达对姥姥的思念之情，结果不知道怎的大家开始喝起了酒，感觉宴会不会很快结束了。坐在我斜前方的姐姐的两个女儿在面无表情地玩游戏机，坐在身边的妈妈和阿姨在热烈讨论健康食品的效果。弟弟的孩子一边穿梭于吵吵嚷嚷的大人们中间，一边发出超大分贝的叫嚷声。孩子的身上穿着让人不禁怀疑“这种衣服做法事的时候能穿吗”的画着骷髅头的T恤，名字是啥来着？煌星？翔星？好像是这样的名字。就算想确认一下也没有看到弟弟。弟媳倒是在专心致志地吃着天妇罗，不好去打扰她。我不禁一时有些惊叹地球上居然有这么让人心情不好的地方。

姐姐在出了寺院之后就推托自己身体不太舒服，偷偷跑回家了。真羡慕她。

出乎意料的是，我并没有遭受到叔叔阿姨们接连不断的问题攻势，只不过每隔十分钟他们就会看着姐姐和弟弟的孩子们说：“阿妙也要尽快……你懂的哈……”“不早点让你爸妈放心的话……你懂的哈。”持续不断地给我压力。感觉自己就像被绑住扔在了路上，任由车辆缓慢地碾压着。缓慢地，缓慢地碾压着。

“我去一下卫生间。”

实在受不了了，我站起身，拉开门，惊讶地发现原来弟弟早就跑到走廊的沙发上坐着了。弟弟叼着烟看着我，因为烟雾的原因左眼稍稍眯起。“是你啊。”弟弟声音有些沙哑。你结了婚，小孩也有了，也算是一个小公司的正式职员，简直可以说是十全十美了，居然还跑到这种地方来享受自由，而可怜的你姐我刚才可是在那个房间里被“车碾压来碾压去”的呀！本想和他大发一通牢骚，但一想到他不是能听进这种话的人，就闭上了嘴。

是从什么时候起不再叫弟弟的名字了的呢？以前叫他们都叫“兰姐”“小玲”，从不直接叫“你”。姐姐叫兰，我叫妙，弟弟叫玲，以前总觉得三个人的名字里面只有我的最土，因此还觉得有些自卑，特别是和弟弟年龄相近，因为这种自卑反而感觉很难亲密起来。想问他的问题很多。比如说到底是和理发师说了什么才会把自己的头发染成这种奇怪的土黄色。

“要坐吗？”

以前口齿不清地叫着“妙姐”的弟弟，如今连简单的招呼都不打，就坐着用下巴示意沙发的一端。我嗯嗯啊啊了好几声，还是选择坐下来。

“好累啊。”

这好像就是弟弟关于这个法事的全部感想。我“嗯”了一声，两人又陷入了沉默。弟弟接着抽烟，我一会儿把手表摘下来一会儿又戴上，一会儿又开始揪裙子上莫名其妙出现的奇怪的线头，就这样打发着时间。

“最近有和姐姐聊天吗？”

弟弟所说的“姐姐”当然不是指我。我并不想把理发店里发生的事情告诉给弟弟，就嗯嗯了几声想糊弄过去。

“不过为什么突然问起了这个？”

“每次见到姐姐的时候她总是念叨你，太吵了。”

“哦。”

“所以说姐姐啊——”弟弟刚要继续说，楼梯处传来了“咚咚咚”的上楼声。弟弟轻叫了声“啊”，我一回头就看到一个闪着黑光的巨大物体向我袭来。

“妙子队员！好久不见——！”

闪着黑光的巨大物体以光速坐到我身边，抱住了我的头，然后就一只手像在给我洗头似的摩挲着我的头发，我吓得大叫起来。大概是听到了我的声音，美树姨妈拉开门露出脸来。

“小司，你这已经是‘性骚扰’啦。”

被称为小司的闪着黑光的巨大物体一边继续粗鲁地摸着我的头，一边对姨妈说：“抱歉，因为工作的事情耽误了。”美树姨妈温柔地说了句“工作辛苦了”，走到姨夫身边轻轻地抚了抚他的手腕。

司姨夫是美树姨妈的丈夫，所以我和他并没有血缘关系。姨夫的声音雄厚低沉，仿佛是从地狱底部传来，他本来皮肤就比较黑，又经常晒太阳，所以皮肤黑得发亮，再加上身高近一米九，让人丝毫不会怀疑他随时可以上山抓熊、下河捞鱼。不知道为什么，司姨夫很喜欢逗我玩，明明我没有参加什么队，而且名字里面也没有“子”字，和他说了好几次了，还总是叫我“妙子队员”，而且还总是把心甘情愿待在角落里的我拉到座席中间。

姨夫开了很多公司，简直让人怀疑他的兴趣爱好不会就是开公司吧。一会儿改公司名字，一会儿就把开了才一年左右的公司停业，然后又开新的，总是忙忙碌碌。目前开的公司主要有棒球击球中心、租用大楼、面向小孩的英语学习班和一家饭店。

“真要性骚扰的话，我会挑更漂亮的人的。”

大大方方地说了这种失礼的话后，司姨夫豪放地笑了。这个人真是有点问题。

“就像我这样的美人对吧，小司？”

“对呀，就像小美树这样的美人。”

两个人都六十多了还肉麻地称呼彼此为“小某某”，我趁着他们俩甜甜蜜蜜的时候抓住机会从司姨夫的手腕下逃脱了。美树姨妈双手捧着脸，笑了。姨夫姨妈没有孩子，但是两人关系特别好，无论什么时候都在一起。小个子而且肤白貌美的姨妈坐在魁梧的姨夫身边，看上去就像是一个被山贼抓去了的公主。

“妙子队员，最近怎么样？”

本想回答“报告队长，非常糟糕”，结果弟弟先懒懒地开口了：“姨夫，那家伙被悔婚了，而且现在工作也丢了。”

我狠狠地瞪了他一眼。弟弟若无其事地从鼻孔喷出一股烟雾，瞟了我一眼，仿佛在说：“我说的是事实，你有意见吗？”就算是事实，也不是随便谁都可以说出来的！我简直想掏出毛笔和纸写上大大的“少说为妙”贴在他的脸上。今天是不行了，之后等哪天有机会了肯定要这样做。而且——

“我又找到新工作了呀。”

弟弟一边往画着骷髅头的土气的便携烟灰缸里抖着烟灰，一边嘲笑着我有气无力的抗议。

“啊啊，是哦，你又开始工作了。只不过目前还是临时工。”

弟弟故意把“临时工”三个字的音拖得很长。

“讨厌，你怎么被悔婚了呀！”

“啊？失业了啊！”

美树姨妈和司姨夫几乎同时叫出声。我不是都说了我没有失业了吗？弟弟悠闲地吐出烟圈。门的另一侧，一瞬间死一般地寂静。然后我站起身。

“我去一下卫生间。”

我飞快地逃离了走廊。待不下去了。实在是待不下去了。

八

堇有时候会发高烧。每隔几个月就会病倒一次。上次发烧还是二月份的时候。我对她说：“有可能是流感，要不要去医院看看？”却被她拒绝了：“这是常有的事，不用担心。”我用冷水把毛巾浸湿（堇嫌弃冷湿的毛巾有一股奇怪的味道，说什么都不愿意用），半拧干后敷在她的额头上。堇闭上了眼睛，好像感觉好过一些了。果然还是因为过多接受了别人的那些“没有去处的东西”而身心俱疲了吧。

发烧和压力肯定是有关系的，我想。上个月做完姥姥的法事后的那段时间里，我也好像要发烧了，整个人都有点站不稳，目光无意识地在屋子里游离。

不小心看到了床头化妆台上的笔记本，赶紧移开了视线，然后突然发现墙边的装饰架上放着一个抽纸巾盒大小的箱子。箱子表面被黑布覆盖，没有任何的装饰。难道那个是……

“那个不埋。”

我吓了一跳。回过头来，堇正看着我。

“我的棺材盒子里装着不能埋葬的东西，必须放在可以看到的地方一直背负着。”

“不能埋葬的东西？”

“必须背负的东西。”

“那是什么？”

堇没有回答。

突然想起粥还在煮着，我赶紧跑回了厨房。

为什么不能埋呢？我关了燃气灶的火，心想。背负着不知道是谁的没有去处的东西，这么一想的话就觉得堇非常寂寞了。

回到卧室时堇已经睡着了。拉上了窗帘，窗外响起淅淅沥沥的雨声，作为催眠曲来说最好不过了。

说起来今天起好像进入了梅雨季节呢。我模模糊糊地想起来。

盖着毛巾被的胸口随着呼吸轻微起伏，睡在以前是父母睡的旧铜床上的堇看上去就像女王一样威严。哪怕生病了、疲倦地睡了，还是给人以这种感觉。

看到睡着的堇的脸，我就想起千岁。

看到睡着的千岁的脸，我就想起堇。

两人出生于同一座小岛，沐浴着同样的阳光长大。千岁曾和堇一家人坐在一起吃饭。千岁成人仪式的衣服是堇帮忙挑选的。堇的父母亲去世时，千岁安慰着她。两人一起去民政局递交结婚申请。堇把验孕棒递给千岁看，上面有两道红线。千岁照顾着怀孕的堇，细心提醒她“那边有石头，小心点”“前面有水坑”。产房中，千岁紧紧地握住堇的手。千岁一边拿着育儿手册，一边对照着做断奶餐。两人一起看着蹒跚学步的莲太郎。一起看着莲太郎上小学。千岁眼睛有些湿润，堇只是看了一眼，没有任何表情变化。

这些都是在我的脑内剧场中反复播放的场景，和事实可能有些差别。然而反复播放后，我内心的各种情绪全都搅在一起，分不清道不明了。比起两人曾结婚生子的这件事，更让我羡慕的是专属于堇和千岁两人间的时间片段如此之多，如此令人羡慕，让我感觉自己的胃附近有块地方都痒了起来。“那个时候曾发生了那件事”，“啊啊，对对，就是那样的”，像这些对话和回忆也只是他们的专属。

没有必要羡慕。总有一天，虽然不知道是哪一天，我会离开这里。所以没有必要。我反复对自己说。

堇继续沉睡。

堇的烧两天后退了。大概是已经厌烦了每天吃苹果和粥组成的病人餐，堇跑到了店里，大声喊“肚子饿了肚子饿了”。正在拖地的我停下手头的活，看了一下时间，才刚过十点。不过今天就早点开始做午饭吧。我走进厨房，一边煮着虾一边打开了冰箱的蔬菜室，取出鳄梨切块，准备和虾拌在一起做沙拉。又取出甘蓝，刚要切的时候堇走进厨房又开始叫着“还没好吗还没好吗”。看来是非常饿了。我告诉堇接下来做完汤和煎蛋卷（堇喜欢吃鸡蛋）就好了，堇乖乖地离开了厨房。堇肚子饿的时候会连声叫喊。又得到了关于堇的新信息。

泡茶的时候接连打了两个喷嚏。

“怎么了？是感冒了？还是有人在说你坏话？还是花粉过

敏？灰尘过敏？”

不知道为什么，堇突然关心起我打喷嚏的事了。

客厅的桌子上放着两个葡萄柚，是上次和千岁说了堇发烧的事后千岁拿来的。千岁走到店里说了句“把这个给堇”，把东西放下就走了，也没有和堇见一面。如果我不在场的话，千岁应该会直接给她吧。大概会那样吧。也许吧。我不喜欢这感觉，就像自己被荆棘缠绕，无路可走。

摆好午饭，堇依旧和往常一样坐在我的对面，默默合上双手行礼之后就开吃了。

我盯着自己的手背。上次在千岁家做饭时留下的烫伤基本上全好了，大概是因为当时处理得很及时，现在只留下很浅的一点点痕迹。

“你当时为什么和千岁分手了呀？明明千岁对你那么好。”

我拿起一个葡萄柚放在手里把玩着，问道。堇把面包卷撕成小块，然后又把小块的面包卷撕得更小，就这样一边撕着一边望向窗外。风吹进屋子里，轻轻摇动着窗帘。看来堇是不想回答这个问题了。我正要站起身，堇突然说了一个词：“庭院。”

“庭院？”

“健太郎的心就像是一个美丽的庭院，又通风又明亮，让人感觉很舒服。”

说完后看向我。

“就是这样。”

堇放下叉子，静静地喝茶。“就是这样”到底是哪样啊？为什么要将千岁的心比喻为庭院啊？这些我都不明白。然而堇本人已经散发出一种“不要再问我了”的信号，我也不好再问了。

犹豫了一会儿，不知为何最后从我嘴里出来的话是“葡萄柚要切一下吗”。就算我问得再仔细，也不可能和他们共有那些感觉、那些过去。好寂寞。这样想的话突然觉得好寂寞。堇只是说了句“那就麻烦你了”，又低下头继续喝茶。

“这个你就拿给千岁吧，就当作是葡萄柚的回礼。”

傍晚下班的时候我正收拾东西，堇递给了我一盒鸡蛋。大概是除此之外也没有什么能给的东西了。鸡蛋还是当时从一个开着小货车的农民手里买的，因为说是“某某农场自家养的鸡刚生的蛋”，所以价格稍微有点高。不过已经过了几天，也算不上是刚生的蛋了。

“阿堇。”

“怎么了？”

“阿堇的心是什么样的庭院呢？”

果然还是不懂堇所说的“健太郎的心是美丽的庭院”的意思，但看堇好像也不想再谈关于千岁的事情了，所以就旁敲侧击地这样问。

堇一时有些迷茫，然后指向窗外。

“这个庭院。”

这个庭院？我望向窗外，什么都说不出来。

只好默不作声地接过鸡蛋，一个人向千岁的店里走去。

真寂寞啊。拿着鸡蛋的我拖着沉重的步伐，一股寂寞又涌上心头。明明刚才还和堇在一起，现在马上就要到千岁的店里了，还是感到寂寞。虽然如此。正因如此。虽然千岁说寂寞是必然的，但还是会感到寂寞。

杂草疯狂生长的，荒废了的那个庭院。那就是堇的内心吗？

堇。真寂寞啊。

打开千岁纽扣店的门走进去，千岁一看到我的脸立刻关心地问我：“怎么了？”

“没什么。”

“没什么的话，为什么脸色这么难看？”

“一副要哭的——”千岁说到一半，被我强硬地遮掩过去了：“都说了没什么了！”

千岁有些吃惊地瞪大了眼睛，然后挠挠后脑勺，低头笑了。那是类似于大人面对任性的小孩的表情，我拿着鸡蛋的手有些颤抖。

“今天要在这里过夜吗？”

千岁问道。我犹豫了一会儿，点了点头。

“果然还是没什么精神啊。”千岁边往屋子里走边说。

“才没有那回事。”

“这种回答不就是没精神的回答嘛。”千岁笑着，坐在了榻榻米上，敲敲他的膝盖对我说，“过来过来。”我靠近他，把头放在他的膝盖上躺了下来。抬起脸，看到千岁嘴角含着笑意，也在看着我。

“你觉得我幼稚吗？”

说着，感觉自己的眼泪都要下来了。

“有时候。”

千岁左手的食指从我的额头抚到我的鼻子，停在我的嘴唇上。他又这样抚摸了好几次。有时轻抚，有时轻轻按压，有时转个弯伸到了我的嘴里。我默不作声地随着他抚摸，但总是这样弄也有些厌烦了。我坐起身，千岁突然一脸兴奋地开始解我衣服的扣子。

想被所有的人温柔对待，是根本不可能的。姐姐的声音突然在脑海里响起，我吓了一跳。

“怎么了？”

“没什么。”

千岁敷衍地说了句“是吗”，手头的动作却没停。当他的手碰到我的裙子的时候，我仿佛又听到了白天我问堇的那句“为什么分手了”。我听不到。我没有在听。堇称呼千岁的那句“健太郎”，仿佛在我的耳边响起。想被所有的人温柔对待是根本不可能的。为什么分手了。健太郎的心是美丽的庭院。这些荆棘又开始刺痛着我的心。太痛了。讨厌。

真的太讨厌了。

已经无法忍受的我大叫了一声，一把掀翻千岁，像蟑螂一样快速爬到了玄关处。

“小妙，你不能就这样出去！”

我正含着泪打开门想要出去，千岁也爬到了玄关处对我大喊。“对不起，今天不能做了，我还是回去吧，实在是对不起！”我向千岁道歉，千岁也一脸狼狈地连声说：“没事没事，那种事情没关系的，总而言之先把衣服穿好再出门吧。”听到这话的我面部有些抽搐。我连忙扣上扣子，心里模模糊糊地想：我们这些人可能真的没救了。

我没有让千岁送我，而是自己一个人飞奔到车站。快跑到车站时包里的手机响了。拿起来一看，是一个 090 开头的不认识的号码，我疑惑了好一会儿，还是按下了通话键。

“是妙子队员吗！”

雷鸣般的喊声在我耳边炸开。“你怎么知道我的号码？”听到我的问题的司姨夫不知为何突然压低了声音，说是雅治给的。雅治就是我的父亲。

“我刚才真的吓了一跳。有什么事情吗？”

我边急匆匆地往车站赶边问道。司姨夫用认真的声音又喊了句“妙子队员”。

“要来我的公司上班吗？”

“哪家公司？”

司姨夫又哈哈大笑起来。

“哪一家都可以。”

“就算你这样说了我也很难选……”

“要做我的秘书吗？”

“是我爸妈拜托你的吗？”

大概是那天法事结束后父亲或母亲和他说的吧。我有些生气了，但同时又因为自己没用、现在这把年纪还让父母操心而感到愧疚。司姨夫很认真地说不是他们告诉他的。

“好好考虑一下吧。”

司姨夫突然就挂了电话。考虑一下。这么突然让我考虑什么呀，突然就打电话过来告诉我这些？明明不是去想这些的时候。咦，等等。我停住脚步。

现在的我到底想做什么呢？在为什么而烦恼呢？就连这些也不知道了。不过我唯一明白的事情是：如果这些不弄明白的话，我就无处可去。

电车里人不多，只有几个看上去像是刚下班的上班族零零星星地坐在座椅上。我坐到了座椅的最边缘，拿出笔记本。

我在笔记本上写下了“问题所在”四个字。考虑了一下，在后面一行写下了“关于工作”。在那后面又写下了“司姨夫的公司”一行话。虽然是突然提起来的，但是好像还不错，尽管和司姨夫长时间相处的话会很累。虽然司姨夫只是做个人情，但是在他的公司上班的话就算是老板的外甥女了，这样的话感觉还挺不错的。我有些邪恶地想，接着在后面添上了“要确认一下工资”。

换了一行，我又写上“关于千岁”。想起了刚才他站在玄关处向我挥挥手，让我回去路上注意安全的表情。感觉自己又被荆棘困上了。不不，就算没有我，千岁也不会怎么样的。我赶紧摇摇头，甩掉了刚才的想法。堇也一定是那样。

堇就算没有我也会很好。一定是那样的。毕竟那家店也没有什么特别重要的工作嘛。就算明天和她说“我要辞职”，堇也只会抬抬眉毛说“啊，是吗”，然后就点点头同意。想到这里我突然明白了一件事情，赶紧动笔写了下来。

被当成是可有可无的存在的话，会很难过。

我为自己的可有可无而感到难过。在之前的公司是这样，在慎一那件事上也是这样。失去慎一之后我才意识到自己对别人来说是可有可无的存在，想到这点我更难过了。

我合上笔记本。原来是这样啊。搞清楚问题所在后，我倍加难过。完全做不到毫不动摇。可笑的是现在的我也正在随着电车“动摇”着。

九

这个人真是不太讨人喜欢啊。傍晚从这个男人踏进店里的那一瞬间起我就这样觉得。男人看起来快三十了，穿着大型量贩店里常见的深蓝色衬衫，提着常见的人造革皮包，拿着一把透明塑料伞。明明梅雨季节已经结束，今天的天气预报里也报道降水概率只有百分之十。难不成是担心那百分之十的降水概率？真是个奇怪的人。感觉也像是个优柔寡断的人。我就这样随便给人家定性了。

最近的我很烦躁。上次接到司姨夫的电话后隔了一个多月都没有给他回话，和千岁也是那之后就没见过了。而且今天还来了这样一个大晴天拿着伞的客人。

“我想要一个箱子。”

男人怯生生地说。看到我指着货架那边，又怯生生地问：“那些是棺材盒子，对吧？”

“尺寸不合的话，我们也可以为您专门定制的。”我模仿堇的语气说。

“尺寸……”

男人小声地自言自语，看上去有些困惑。

“我想放进去的东西是无形的，所以，如果说尺寸的话……”

感觉自己有些应付不了，我走进房里喊堇出来。堇走出客厅，看到这个男人，还是用平时冷淡的语气说了句：“欢迎光临。”

“他说他要放的是无形的东西……”

堇认真地问道：“您把东西带过来了吗？”我正期待着男人从包里掏出“只有正直的人才能看到的衣服”之类的东西，男人也很认真地回答堇："东西不在这里，在游乐场。"

男人所说的"游乐场"，并不是住在这里的人们都熟知的有名的那个，而是位于隔壁市的一个破旧的游乐场。场内的过山车因为太老旧了，坐的时候会发出吱嘎吱嘎的声音，让乘坐过山车的人们"刺激"倍增。

那你赶紧过去，把那个"无形的东西"装好了拿过来不就行咯。我正想着，堇突然对男人说："那我和这个孩子陪你一起去。"然后就用手指戳戳我的腰说"快去准备"，说完又戳戳。为什么连我也要去！

箱子是由堇选的，盖子上画着天鹅，十分好看。

到游乐场坐电车大概有五站的距离。如果车票钱和游乐场门票钱都是我们自己出的话，就算把那个棺材盒子卖出去了也还是会亏本，还好男人帮我们买了车票。看到堇忙着要掏钱包的样子，男人没有说话，用手制止了她。我有些放心了。堇有的时候会不考虑利益做一些亏钱的买卖，让在一旁看着的我，总是提心吊胆的。

电车里还很空，我们三人并排坐在长椅上。堇坐在正中间，男人坐在离堇两拳远的旁边。男人说自己的名字叫田中实鹤。本来不说名字也是可以的，大概是怕没人说话的话会很尴尬吧。

“实是果实的实，鹤是鸟类的那种鹤。”

名字听起来就像爷爷辈的人。我偷偷地想。董说：“实鹤这个名字听起来很有古典韵味呢。”然后又顺便把我介绍出去了：“顺便说一句，这个孩子也姓田中。”

“啊，真是有缘。”

田中实鹤堆出满面的笑容。我尽可能地用几乎听不到的声音冷淡地回答了句：“这个姓本来就很常见。”

我们到达游乐场的时候，年龄看上去介于姐姐和阿姨之间的工作人员告诉我们还有一个小时就要闭场了。田中告诉她“我们只坐游览车”，门票钱自然也是全都由他付了。

田中实鹤目不斜视地冲着游览车走过去，我和堇默默跟在后面。

“游览车的话，我一个人坐就好了。”

站在游览车前的田中实鹤回头果断地对我们说，然后就开始向卖乘车券的机器里投硬币。没想到他现在突然心疼起钱了。其实我也不是想坐游览车，只是心里有些不舒服。

田中实鹤坐进车里，打开了棺材盒子的盖子。

“我们坐这儿吧。”堇指着身后的椅子。

“没想到还会有这样外出的时候。”

“又不是小孩子了，有必要跟着来这里吗？”我带着些讽刺的意思说。堇回答说：“总觉得那个人不太能让人放心，所以就来了。”

“你对客人真是温柔。”

对莲太郎和我就那么冷淡。这样想着，却没有说出口。

“如果是别人的话——”

堇看着田中实鹤坐在游览车上的样子。

“如果是别人的话，就会比较轻松。能够发泄自己、吐露自己的心声，或者委托对方帮忙。”

面对亲近或重要的人，反而很难将自己心里的重担交付给对方。堇想说的大概就是这回事。这种感觉虽然我也明白，但是……

“但是如果这就是阿堇不得不这样做的原因的话，我不明白。”

堇没有看向我这边。

“硬要说的话，可能是赎罪吧。”

我惊讶地张开了口，想要说什么但什么都说不出来。“罪”这个词太沉重了。

赎罪。堇的罪。那到底是什么呢？和堇卧室里的那个棺材盒子有什么关系吗？

我无言地看着慢慢地绕着圈的游览车。椅子的后面有旋转木马，但是放着的音乐是跑调的，不禁让人感觉悲从中来。

“你想去坐吗？忍一忍吧，我们不是来这里玩的。”

堇看着扭过头紧紧盯着旋转木马的我说道。

“不是想坐啦。比起坐，我更喜欢看着旋转木马转来转去的样子。”

生着银色的角的独角兽，套着红色马鞍的白马，这样奇妙绚烂的世界从远处看的确赏心悦目、令人浮想联翩，但是如果真的坐上去的话，就会觉得很没意思。走近的话，就会发现它们仅仅是涂着涂料的塑料玩具而已。

“而且，咕噜咕噜地转着永远没有终点，也让我觉得没意思。”

“是吗？但是田中你喜欢的回转寿司，不也是咕噜咕噜转着永远没有终点吗？”

堇好像有些热，边用手帕往脸上扇风，边无所谓地说道。

“那和这个不一样。”

“哪里、怎么不一样了？”

哪里、怎么不一样，突然被问到这个，我有点蒙。

“说到回转寿司我突然想起来，田中你有没有特别会编蕾丝的熟人？”

堇最近找不到自己想要的蕾丝，所以有些烦恼。

“这明明不是根据回转寿司能够联想得到的东西，而且你自己先尝试着编编看不就好了。”这家伙明明在听我说话，却想着完全不一样的事情。

“不行不行，我特别不会编蕾丝。”

“虽然想尝试很多技巧上的组合，但一个人的话毕竟力量还是有限的。”还是第一次听到堇说这么热血的话。

“这样啊。”

我的话音刚落，田中实鹤就从游览车上下来了。棺材盒子的盖子也闭上了。

“那我们就回去把这个埋起来吧。”

堇从椅子上站起来，简洁地说。

刚乘上回去的电车，田中实鹤就打开了话头。他右手拉着吊环，左手拿着塑料伞。

“我是在那个游览车上向妻子求的婚。妻子去年因为交通事故去世了。”

回去的电车上可能是由于方向不同，比来的时候人要多很多。我们三个人都只好站着抓着吊环聊天。堇依然是站在中间，他们两个都很轻松地抓着吊环，我因为身高的原因有些勉强。

“我很喜欢自己的妻子。然而同时，我还和同公司的其他女生交往。一直都保持着联系。但是妻子怀孕后，我还是决定和那个女生分手了。分手的时候，那个女生哭得很厉害。她只求我陪她最后再坐一次游览车，因为我喜欢的人——我的妻子喜欢坐游览车。我答应了。我们两个一直以来只能晚上偷偷地见面然后去开房，我觉得有些对不起她，就决定最后依她一次。

“唯——啊，‘唯’是我妻子的名字，唯在我的钱包里看到了游乐场的门票，然后自然是很生气地逼问我。我很害怕，一下子全都抖搂了出来。我辩解说已经分手了，那次去坐游览车是为了分手才去的，但这时她已经不理我了。第二天也没理我，之后的那天也没有。再之后的那天，她出了车祸。

“我觉得比起我出轨这件事，唯更恨的是我和别人去坐了游览车。感觉就像是自己最重要的回忆被别人占领了一样，不是会让人觉得很讨厌吗？”

田中说完这些后，沉默了。

想打他。想打他那张回忆往事时竟有些忧伤的脸。他干的都是些什么事啊。这不是人渣还是什么！

到了车站下了车，过了闸机后我的怒气依然没有消散。让我感觉不爽的不仅是他说话的内容，还有遣词造句和他说话时的态度。虽然他表现得那么懦弱，还在不下雨的天气带上了伞。但我依然很生气。

回到店里后，堇从庭院的角落放工具的地方拿来了铲子递给我。

“不要。我不想做。”

我拒绝接过铲子。堇的眉毛动了动。田中实鹤好像有些受到惊吓的样子。

“这样不是很残忍吗？你对你妻子做了那么残忍的事情，现在就想把这些都埋起来一了百了，这也太任性了。”

“别说了。”

我还没说完就被堇打断了。

“不想做的话也没事。闭嘴，回店里吧。”

田中实鹤有些惴惴不安的样子，一会儿看看我一会儿看看堇。堇强硬的眼神让我不寒而栗，为什么这个人老是会给我这种感觉呢？

“阿堇你自己还不是很任性！”

“什么？”

“难道不是那样的吗！”我喊道。

“老是摆出一副‘我不需要任何人的帮助，我一个人就很好’的样子。堇身边的人到底该怎么办才好？”

堇抿住了嘴唇，没有回答。

如果一个人就很好的话，当初为什么要雇我？当初为什么和千岁结婚，还生下了莲太郎？

“这样真的太残忍了。你让我仅仅是待在这里就感觉寂寞得不得了。真的太残忍了。”

“说得乱七八糟的，完全不懂你的意思。”

堇叹了口气。

“你先回去吧。”

“我知道了。那我回去了。”

是我自己想回去，也是她在赶我回去。我低头行礼，走出了庭院。

太糟糕了。我一边走，一边念了不下三十次“太糟糕了”。每念一次，就感觉自己的心情更糟了些。就如同堇所说，我当时说的的确是乱七八糟，不，与其说是乱七八糟不如说完全就是找茬耍赖。我没有说那些话的权利，然而又忍不住不说。

拖着脚步往车站方向走的时候突然听到有人试探性地叫了声“小妙”。我抬起头，眼前站着一个长得像芭比娃娃般精致的人。

“桃子，是你呀。”

桃子提着一个大纸袋，看上去刚从医院回来。

“你怎么了？脸色那么可怕。”

“没什么。”

“是吗？说起来，小妙你还是千岁的女朋友，对吧？”

桃子孩子气地称呼我为“小妙”，然而我并没有感到有多么亲近。

“是千岁说的吗？”

“嗯。”

我从上次之后就一直躲着千岁，也没有再去他的店里，也没有给他打过电话。和堇说这段时间不想去千岁纽扣店办事，堇也只是挑挑眉说了句“知道了”，没有多问。

千岁给我发过一条类似于天气预报的短信：“傍晚好像会下雨。”然而我没有回复。大概我和千岁的缘分就会这样自然而然地慢慢断了吧。

桃子好像从我的表情中读出了什么。

“喂，要不要一起去喝酒？”

不等我回答，桃子就挽着我的手硬拉着我去。穿过一条窄得大概只有野猫会走的小道，桃子和我走到了大楼的地下。

那是一家只有吧台的很昏暗的店。走进去后，有一个女人从吧台里面特意走出来打招呼：“啊，是桃子啊，欢迎光临。”

是一个皮肤很白、声音低沉的女人。

“我要一杯啤酒。这个人的话，就给她调一杯粉红色的酒吧。”

桃子的点单方式很奇怪。我问她粉红色的酒是什么，她也只回答说因为觉得粉红色的酒适合小妙，简直是以谜解谜。

“玲花，这位是小妙。千岁的女朋友。”

“是吗？看上去很可爱呀。”

叫作玲花的女人对我笑了笑。桃子大概向我解释了一下这家店是她的哥哥和千岁常来的店，我边啜饮着刚端上来的粉红色的酒边点点头。很酸。

千岁以前在这家店里喝过酒呀。还没有和我一起来过呢。说起来都没有和我一起在家里喝过酒。现在想起这些事情都自动把它们归类为“过去的事情”了。

“小千岁不太会喝酒。”

作为一个酒吧老板来讲这也太亲昵了。难道说……我正胡思乱想着，桃子看了我一眼，哈哈大笑起来。

“话先说在前头，那个人完全不是我的菜。”

偷偷看了一眼玲花，她正在擦着玻璃杯，嘴角浮现一抹笑容。太可疑了。只要看到千岁的女性熟人，我就不由自主地开始怀疑她们有没有和千岁上过床。无法控制住自己想要探查清楚的冲动。

“刚才你的表情那么可怕，是吵架了吗？”

“啊，不是，是和堇稍微有点……”

正准备说，突然想到虽然田中实鹤很讨厌，但是乱讲客人的私事总是不好的，于是就闭上了嘴。

“嗯……”

桃子也没有再多问，开始吃起了装在盘子里的水果。

“和那种男人交往的话，很累的吧。”

玲花突然对着我说。桃子咕咚咕咚地喝着啤酒。

“那种？”

“那种让人捉摸不透的男人。”玲花安静地笑了。“是嘛，但是总觉得他也有可爱的地方，让人讨厌不起来呢。”桃子说。“果然，他还是因此很受欢迎吧？”我问道。桃子和玲花面面相觑。

“那么受欢迎吗？”

“嗯……怎么说呢……”

“他的家里的确是有很多女人进出啦，毕竟他很温柔嘛。也有可能有些时候被利用啦，比如经常被借钱之类的。不能算是能够被羡慕的温柔啦。小妙不用太担心的——说起来我感觉他只受老女人欢迎啦。”两人有一句没一句地说着，又一起笑了。我突然觉得自己这么久以来有这种想法可能只是错觉而已。

不由得趴在了柜台上。原来，只是错觉啊。

没事的。玲花充满慈爱的声音从头上传来：

“要让我说的话，所谓的恋爱大多都是错觉。因错觉而起，因错觉而相爱，因错觉而错过，最后因错觉而分手。”

“因为恋爱这种感觉本来就是大脑的错觉嘛。”两人对视了一下，哈哈大笑起来。

然后这两人就无视趴在吧台上的我，开始大聊特聊最近街坊邻居常聊的某女演员、某偶像，以及某歌舞伎演员的三角恋关系了。两人的声音就像动听的音乐，只是这样单纯地听着就让我感到心情舒畅。我和堇从来没有这样闲聊过，感觉很羡慕。

就算说“羡慕”，我总感觉堇和我不可能成为能闲聊这些话题的亲密朋友。我不知道。总算支撑着身体坐起来后，突然发现包里的手机在闪。拿过来一看，有一个未接来电转接到了语音信箱。我按下“播放”键，司姨夫雄浑的声音从手机中传出来：“妙子队员！上次说的事情，请求回复！请求紧急联络！重复、重复！请求、紧急、联络！”我条件反射般地赶紧把手机扔回了包里。司姨夫到底为什么每天都能那样精力旺盛！他每天到底在吃些什么？难道是从大清早就开始吃牛排，而且还是五分熟的吗？我正胡思乱想着，玲花突然偏着头问桃子：“说起来最近阿姨好点了吗？”

“嗯……”

看桃子的回答大概是不太好了。这时桃子突然转向我。

“那只兔子，我很用心地把它装饰起来了。”

“啊，谢谢。”

听到我的回答后，桃子笑了。不是微笑，而是开朗地笑。

“那个时候为什么没有买呢？棺材盒子。”

“嗯……”桃子仰望着天花板思考着。虽然在思考，但是嘴里还是不停地在咀嚼着水果。

“不知道为什么，在那个时候突然想到‘妈的，这不会是很常见的烦恼吧’。”

桃子的话里突然混入了很粗暴的言辞，我有点受到惊吓，慌忙移开了视线。

“这样啊……”

我和桃子不同，如果在我很低落的时候有人告诉我“不是只有一个人在难过”，我也会觉得“就算大家都难过，我的难过也不会因此有所消减”，然后继续低落。所以我为桃子自带的“感情自动补正功能”感到有些惊讶。

惊讶了之后，又有点难过。为不懂得自动补正只知道哭过就好了的我感到难过。

“不过也有可能只是单纯因为说出来后心里就痛快了。”

“原来如此。”

“要珍惜父母，这不是世间的常识吗？所以那种话一开始对谁都不能讲。”

母亲只有一个，母亲是生你养你的人，所以要珍惜父母、爱护父母，大家都说这么说。明明自己心里都明白的事情变成“大家都这么说”了之后就觉得很心累。大道理让人觉得很心累。所以不能说出自己的真实想法。桃子浅浅地笑了。

“想说我很垃圾的话就尽管说吧。”

我双手紧握住装着酸酸的粉红色酒的玻璃杯。然后为自己怎么都不能机灵点说些合适的话而感到有些生气。

“桃子，无论你对我多凶、说的话多难听我都不会怪你的。所以告诉我吧，不管多久我都愿意听，所以请你说吧！求你了，不要继续自动补正了。”

“小妙你怎么了？已经醉了吗？”

桃子笑着抚摸着我的头。明明她自己才是需要被摸着头安慰的人，却跑来安慰我。

“真是个可爱的姑娘。”

吧台另一边的玲花说。

“很可爱吧。”

桃子也点点头。

“哪里可爱了！如果把松竹梅之类的比作人的话，我也只能算是蓼了。”

听到我任性的话后，玲花和桃子齐声说“没有把你比作松竹梅”，然后又同时笑了。

第二天早上去上班时，正好碰到堇在往货架上摆放新做的商品。

“早上好。”我向堇问好，她也道了声“早”，和平时没什么不同。

我沉默了一会儿，看着堇做着手头上的工作。新商品是胸针，采用了将纽扣和缎带粘贴在一起的新方法，我还是第一次见到这么别致的胸针。

“桃子说她很用心地把兔子装饰起来了。”

“是吗？那就好。”

“这是新作品吗？做得真好。”

“是吗？那就好。”

“昨天的事我很抱歉。”

终于说出了这句话。堇点了点头。

“昨天的那个人，永远失去了获得妻子原谅的机会。”

“嗯。”

“那一定是很难受的事情吧。”

“嗯。”

我低下头，点了点头。

“‘你犯下了无法被原谅的罪过，从此一生都要背负着它’这种话，让别人来说的话，就太傲慢了。”

“是啊。”

那个人的妻子临死前到底抱着什么样的想法，我们并不知道。你生气并不是因为你替他妻子着想，而是因为你将自己的感情投影到了他妻子身上。这并不是温柔，而只是任性。堇想说的就是这个。而我单方面地把这种感情扯到堇身上的这件事，堇却没有提及。

“对不起。”

我深深地低下头。虽然一方面觉得很对不起那个男人，另一方面因为堇说话的时候用的是“我们”而控制不住嘴角上扬。

“不准嬉皮笑脸的。”

堇抖了抖眉毛，但是语气比刚才要柔和多了。

“我们能做的是——”堇又提到了“我们”，我咬紧牙关不让自己的笑容绽放得太灿烂。

“我们能做的，只有接受。”

这样想的话对堇来说真的好吗？我想起了放在卧室的那个黑色的棺材盒子。

“阿堇，这样真的没问题吗？”

“嗯？”堇挑起一边的眉毛。

“一直背负着真的好吗？”

堇拿起一枚已经摆放好的胸针，举起来借着灯光一再端详，又放了回去。我轻声唤了她一声，她没有理我，而是走开了。不是走到连接着客厅的门那边，而是打开了玻璃门，走到了庭院里。

十

快到暑假的时候，莲太郎被女朋友甩了。至少他本人是这么说的。一切都发生在眼前。明明他女朋友前阵子来的时候还说“到了夏天我们要天天去海边”。

“我真的很喜欢她。”

莲太郎趴在桌子上呜咽着。

今天堇不在店里，她去市里体检了。堇临走之前嘱咐我下班时把门锁好就行，没想到离下班还有一个小时的时候莲太郎突然哭着跑进来说“听我说嘛”。

据他说是他女朋友某天突然说“我觉得你值得拥有更好的人”，然后就和他分手了。甚至还说了“我并不是讨厌你”。啊，突然想起来这话慎一也对我说过。没想到那孩子居然也是那种分手时会撒谎，而且还会撒得很漂亮的人。

“我之前还向她爸爸借过（那辆破破烂烂的）车呢，之前关系那么好。”

莲太郎嘟囔着抬起头，露出沾满眼泪和鼻涕的脸。

“脸真他妈脏!”

不小心就爆粗口了。为了掩饰，我赶紧抽了好几张纸巾递给莲太郎，幸好莲太郎好像没有注意到我的粗口，脏脏的脸擦都不擦又开始哭起来。

“她那么开朗。”

他以前也说过女朋友开朗。我离开桌子，开始整理起纽扣和刺绣，按照颜色分开装进不同的盒子里。这样用起来应该会比较方便。

“真的是一个特别开朗的人。”

莲太郎又说了一遍，眼泪又开始止不住地流。我索性把整包纸巾都给了他，他大声地擤鼻涕。

“她虽然嫌弃过开着破破烂烂的车的父亲‘很土’，但也会为父亲每天辛勤工作养活全家人而感恩。最喜欢的食物是自己母亲做的土豆沙拉，我喜欢的就是她的这些地方。”莲太郎喋喋不休地说着。“她能够把‘梦想’呀、‘未来’呀、‘希望’呀这些听上去不切实际的词语和积极向上的词语联系起来，我喜欢她的这种积极向上的性格。”莲太郎又擤了下鼻涕。

见我老是不安慰他，莲太郎撇了撇嘴。

“你不要老是摆出一副‘关我啥事’的态度嘛，可乐子。真让人不爽。”

不是我对这件事漠不关心，而是我总觉得有点坐立不安。看着莲太郎的样子，我就想起第一次碰到堇时的我。只不过莲太郎现在只是因为“失去了她”而哭，那时的我完全不是这样的。完全不是。

“不要站在那里发呆！一般来说不都会鼓励对方的吗？”

莲太郎一边哭哭啼啼一边吐字不清地埋怨我。我也懂他希望我说些什么来鼓励他、安慰他，但我也的的确确不知道说点什么好。

“打起精神来！你一定会振作起来的！比起你哭泣的脸，我还是更喜欢看你的笑脸呢。明天一定会更好的！”

莲太郎叫着“完全是敷衍”，又趴到桌子上了。明明手工集市上卖的那些明信片上面也全写着这样的话。当时还夸人家又开朗又感性来着。

“那这样吧，我给你做点好吃的吧。”

我实在是不擅长安慰人，所以只能提出我拿手的东西。

“不是说人在难过的时候最好吃点甜食吗？我给你做薄煎饼吧。你不是喜欢吃那个吗？”

我拉着莲太郎走进厨房，他呜咽着跟着我。

“不是喜欢吃薄煎饼，是因为那个人只会做薄煎饼。”

“哎呀，不要那样说嘛。”

“你看食材也全都齐了——”我从冰箱里拿出一个鸡蛋想给莲太郎看，一不小心手滑，鸡蛋掉到地上摔破了，蛋清从破壳中渗出来，流了一地。我赶紧蹲下来用厨房用纸擦拭地板，头顶又传来莲太郎“呜哇”一声大哭。我吓了一跳，抬起头来，发现莲太郎满面通红又开始流泪了。

“这也太可怜了！”

“什么？”

“鸡妈妈好不容易生下的蛋就被你这样摔在地上，小鸡都白死了。”

“没事，这些只是没有受精的鸡蛋。”

莲太郎因为失恋的打击，整个人都变得有些奇怪了。他哭得根本停不下来，我也有些束手无策了。

“那……要么这样吧，我们一起把鸡蛋埋到树底下吧。”

我们俩把蛋壳和里面残余的蛋黄装到小碗里，一起走回庭院。

空气有些闷湿，我捋了捋被汗打湿紧紧贴在头上的刘海。不知道堇出去的时候有没有带伞。

“不用担心，那个人带着折叠伞呢。”

莲太郎一边用小铲子挖着土一边说。

“幼儿园的时候，有一次那个人出去买东西了，我一个人看家，突然下起了大雨，我还举着伞去接她。

“虽然只有几十米的距离，但是那时候还小，一个人走的话还是很害怕。路上不小心踩进了水坑，还被路过的车溅起的水浇了个透心凉，好不容易快到超市了，结果看到对面那个人举着折叠伞，感觉超级失落。”

“哈哈，这不是很有趣的往事嘛。”

然后又觉得有些不可思议。那对不是凡人的父母生下的孩子原来也有过这么普通的童年趣事。把自己的这种感觉告诉莲太郎，他一脸意外地看着我。

“为什么？我只是个过着普普通通生活的普通年轻人

而已。”

“那有没有过叛逆期呢？”

比如说偷自行车啦，晚上偷偷跑去学校把学校窗户玻璃砸了之类的。莲太郎摇摇头：“那只是行为不端而已。可乐子你是不是对叛逆期有什么重大误解？”这种说话方式简直和千岁一模一样，我移开了视线。

“我也有过叛逆期的哟。还对着爸妈说过‘我又没求你们把我生下来’之类的话。”

“哇——太狠了！”

“狠吧。”

弟弟也说过同样的话。应该是他上中学的时候。某天吃完晚饭后，在母亲准备泡茶的时候，因为一个什么小的争执。母亲的表情基本上没什么变化，应付了几句就急忙跑去泡茶了。平时母亲泡的茶都特别浓，浓到喝起来很苦涩，那天端出来的茶却清淡得如同白开水，全家都因此知道了母亲内心的剧烈波动。

“堇当时震惊了吗？”

“并没有。而且还表现出一副很没劲的样子。”

“唉？‘没劲’是什么意思？”

“说我的叛逆期表现太普通了。还挺失望的。”

“自己也觉得有些难为情，于是就借此机会结束了我的叛逆期。”莲太郎说。他的头上不知道什么时候沾了些土。说着说着，他就不哭了，我悄悄松了口气。

“会变成肥料的吧。”

莲太郎仰起头，看着山荔枝树。

“会的，毕竟是山荔枝嘛。”

我继续蹲着，用小铲子压实土。

“说起来，莲太郎你知道吗？”

“嗯？”

“堇说自己的内心和这个庭院一样。”

我把手肘撑在自己的膝盖上，用手撑着脸，望向院子里长得更茂盛了的草。莲太郎有些惊讶地环视了一圈庭院，偏着头思考。

“而且还说，自己不能把棺材盒子埋进庭院里。”

“嗯……”

“我很讨厌这种情况。我明白堇的心情，但是我即使明白也什么都不能做，只能待在堇的身旁看着她。虽说堇可能也的确是比我要坚强得多。”

“我说……”

“而且她还说有必须要一直背负着的东西。哪儿来的‘必须’？到底是谁决定的？是堇自己吗？”

“所以说……”

“我觉得应该不是那样。但是如果直接那样问她又会有些奇怪，所以简直不知道怎么说好了……上次也没有好好问出来，不知道怎么的大脑一片空白就只会责怪堇，说她很任性。我明明很想和堇好好沟通的。果然可能还是我自己内心感觉‘对堇有意见’这件事是错误的吧。要是被堇反问一句‘你懂什么’，我就不敢再开口了。但总而言之——”

话音未落，莲太郎啪啪地拍着我的后脑勺。

“干吗拍我后脑勺？”

“区别对待太严重了，让我有点火大。你刚才都没有在意我说的事情，完全敷衍我，原来脑子里全想着那个人的事。”

我急忙辩解“我听了呀”，莲太郎没理我，站立起来。

“就那样说吧。”

“什么？”

“就那样告诉那个人你的真实想法吧。没问题的。”

“说起来，怎么最后变成我来安慰别人了。”莲太郎长叹一口气。

我不好意思地向莲太郎道歉，莲太郎任性地说：“还是不用给我做薄煎饼了，你先回去吧。”没有办法，只能回去了。

莲太郎和我道别后好像小声说了句“谢谢”，但是他面无表情，也有可能是我听错了吧。

我走进电车，站在自动门前。向外望去，一滴雨滴斜斜地从窗外划过。慢慢地，水滴越来越多，在玻璃上变换出不同的图案。电车停下后我站在车站门口，不由自主“哇”地惊叹了一声。接连不断的雨滴将我和夜幕撕裂开来。要跑回去吗？还是慢慢走回去呢？反正也还是会打湿的。决定了，还是慢慢走回去吧。之前还担心堇有没有带伞呢，明明自己都不记得带。正被大雨淋到绝望的时候，雨慢慢变小了。我赶紧快步往家里走。

回到家后赶紧跑到浴室拿了块毛巾，边擦头发边往客厅走，看到父亲正端端正正地坐在沙发上看电视。

“你回来啦。”

“回来了。我妈呢？”

“应该是去唱卡拉 OK 了。”

“又去唱卡拉 OK 呀？”

“她还真是喜欢唱卡拉 OK 呢。”我边嘟囔着边弯腰坐在了父亲身边。父亲拿过遥控器调小了音量，问我是不是淋雨了。

“嗯。”

父亲刚要开口，好像又想起了什么似的闭上了嘴，但最终还是下了决心开口。

“刚才小玲来了，他很担心你的状况。他说姥姥七周年忌日的时候你好像很没精神。”

弟弟好像还说我整个人都变迟钝了。

“才不用那家伙操心我的事。”

我对“迟钝”这个词非常不满。

弟弟在知道自己女朋友怀孕的当天没和任何人商量，就直接去民政局领结婚证了。高中的时候父母也劝过他最好读个大学，然而他扔下一句“我想尽快独立”，高中毕业后就跑去一家渔具店工作了。小学的时候他曾经被司姨夫领去海钓过一次，从那之后就迷上了钓鱼，周围的小男孩都在踢足球打游戏的时候只有他一个人反复练习挥杆动作，他从小就是这种人。

从不迷茫。从不会因为周围人的话语而改变自己的想法。这一点上感觉他很像堇，给人一种不会动摇的感觉。

总是如此坚定的玲眼中的我一定是很容易动摇的吧。父亲揉了揉下垂的眉尾，说：“总感觉小玲和阿兰都很担心你。”

“‘担心别人’这件事会让人自我感觉很好嘛。”

稳稳地坐在自己的椅子上，看着还在转悠着找不到椅子的人皱起眉头心里担心着“那个人没事吧”——这种事情会让人感觉很好吧。因为有一种优越感存在。

“这就是你的缺点了，老是爱乱揣测人。”

父亲又拿过了遥控器，这次是直接关上了电源。

“你老是喜欢过度解读别人的言行，好像因此会变得更机灵一样。但是这种机灵到底有什么用呢？只不过会让自己心里变得阴暗而已。”

父亲的语调很柔和，然而说话的内容却一点都不柔和。

“小玲也很为你的这一点苦恼。男人其实也都是胆小鬼，但是男人很好面子，绝对不会把自己懦弱的一面展现给老婆孩子看，如果是父母、兄弟姐妹的话，就更不会让他们看到了。”

“真的吗？”

“就是这样的啊。”父亲点点头，拿起了茶几上的茶杯，“比如说，如果这个茶杯是你司姨夫的话，即便是他那么坚强的人，也会……”

“也会怎么来着？”父亲一时词穷了，开始苦苦思索。我站起身准备去泡茶，身后传来了父亲的声音：

“但是阿妙，所谓的‘坚强’并不是指不会烦恼、不会迷茫哟。不烦恼、不迷茫，只是感觉迟钝而已。”

“坚强”的反义词并不是“软弱”。真正的坚强的人，是不会无视躲避自己软弱之处的人。父亲想说的大概就是这回事。我努力地想要去理解，但还是不行。

“抱歉，理解不了。”

“这样啊……”

父亲失落地低下了头。大概是觉得自己的女儿太愚笨了吧。他那副刚迈入老年期的失落的样子，实在是让人不忍心看。

“没事啦，不用再和我讲这些啦。我就是这样一个又蠢又没用的人，和我说再多我也不会懂的啦。”

“又开始闹别扭了不是。”

“话说回来，我的名字本身就很土气嘛。”

说完后突然意识到最近的自己老是说些奇奇怪怪的话，不由得觉得有些好笑。

“‘妙’这个字不就是表示‘奇怪’的意思嘛。比如说‘奇妙’。”

小学时，有次老师布置的家庭作业是“查一下自己名字的汉字意思”，查了之后居然出现了“奇怪”这个意思，很受打击。没想到现在居然把这些苦水都倒给父亲了。

“你看完所有的意思了吗？”

父亲站起身，一边念叨着“电子词典应该是放在这里面了”，一边拉开装饰柜的抽屉开始翻找。总算找到后，父亲走回来坐在沙发上，边念叨着“妙妙妙妙在哪里”，边戴上老花镜开始用电子词典翻查，查到后父亲将屏幕转向我这边，我逐字细看。

1. 十分美丽。美好。
2. 十分深奥。(例：妙远)
3. 不一般。奇怪。

“说起来，你的名字还是我起的呢。”

父亲合上电子词典，有些不好意思地笑了。

“我本来以为刚生出来的小孩子都是皱巴巴的，一点都不可爱，但是阿妙你当时可是一个非常漂亮的婴儿呢。

“中午的时候你妈感到肚子很疼，就向我公司里打了电话，我跑到医院的时候你已经出生啦。”父亲说着，说话的语气仿佛这件事是最近发生的一样。

“护士把我带到新生婴儿室，虽然只能隔着玻璃看，但我一眼就认出了你。你简直像是在发光一样地显眼。当时我就决定了，名字一定要叫‘妙’。你妈说既然是阿兰的妹妹，那叫百合呀小樱呀之类的不是更好吗，但是我说什么都不肯让步。这个孩子就应该叫作‘妙’，一个美妙的孩子。”

“原来是这么回事……”

我从不知道原来是这样。母亲说，姐姐出生后父亲一直念叨着想要个男孩，所以我一直觉得我这个次女是夹在长女和长男之间的不必要的存在，今天还是第一次听到父亲讲我出生时的事情。父亲和母亲不一样，不是那么会表达自己的欲望和要求的人，他一直都很随和，就连口头禅都是“随你们”，我从没见过他强烈要求什么，然而像他那样的人居然会为了我的名字而执着，我有些惊讶。

“爸爸，你吓到我了……”

“为啥?”

“我本来觉得对你们来说只要有兰和小玲就好了。”

说出来后才发现自己很自然地对他们直呼其名了，有些吃惊。父亲惊讶地摇了摇头，又笑了。

“阿妙呀，我和你说，父母如果有三个孩子的话，对三个孩子都会同样珍惜的。不信你看。”

父亲把右手伸到我的面前说：“你看，不能说有了中指和小拇指后无名指就可有可无了，对吧。”

很想对父亲说些什么，但是到底说什么好自己也搞不清楚，结果只能支吾了几句“嗯……那个……谢谢你啦”。父亲也有些害羞地垂下眼睑，“嗯嗯”地回应着，点了几下头。

十一

原来“妙”这个名字有这么多含义呀，我从来不知道。能和爸爸聊这些真的太好了。可能就是因为这样，那天晚上睡得格外好，连梦都没做。

然而，还是被叫醒了。

“陪我去买东西吧！”母亲摇着紧紧裹着被子的我撒娇，整个人生龙活虎的，“你姐好像又怀孕了！”母亲的脸上都闪耀着光辉。但是对于周末早上被强行摇醒的我来说，是令人很不爽的光辉。太耀眼了，刺痛了睡眼朦胧的我。

“这种事情你叫我爸去不就行了？”

好不容易周末可以放松一下，我可不想把时间浪费在这上面。我指向坐在客厅里的父亲。正在看棋谱的他立刻用书遮住脸。

“才不要，你爸很忙的。”

明明星期天上午十一点了，父亲还穿着睡衣在家里转来转去，真是睁着眼说瞎话呀！母亲双手捧脸笑着说：“就是这样啦！”所以到底是哪样？结果我还是被妈妈硬拉着出门，坐上了前往商场的电车。

一到买婴儿服的区域，母亲就两眼放光地摸摸这件看看那件，嘴里念叨着“是男孩呢，还是女孩？不过要是健康的话，不管男女都好”，店员都对着妈妈连声道喜。这个人怎么一直都这么有精神呀。我弓着背，无精打采地跟在母亲后面。看着店员和母亲正就“淡绿色衣服好，还是淡黄色衣服好”这一话题聊得开心，我站在旁边开始百无聊赖地思考着关于姐姐孩子名字的事情。肯定又会是一个笔画很多的名字。肯定是那样。要是“树璃菜”和“铃绪菜”的名字后面突然跟上了“一夫”或者“安子”之类的，不是会很奇怪嘛。如果是女孩的话，应该是会叫作“真璃菜”，或者是“亚耶菜”。大概就是那样的名字。如果是男孩会是什么样的呢……“理比斗”或者是“琉维人”这样的从平假名 ra 行开始的以 to 结束的，这种看上去很酷炫的名字吧。我正想把我的这些想法告诉母亲，却发现母亲不知什么时候站着一动不动，顺着她的视线望去，婴儿服区旁边的孕妇用品区那边有一对男女，那个男的是我们都认识的人。

“那个是慎一吧？”

母亲小声向我确认。以前都叫人家“小慎一”的。我默默点了点头。

慎一的手放在那个女人的背后，时不时轻抚着女人的后背。女人拿起一件像是睡衣的衣服放在胸前比画着，好像在认真思考。慎一说了什么，两人相视一笑。慎一好像要往这边看过来的时候，母亲一把拉住了想要躲到货架后的我。

“阿妙，我们走。”

母亲拉着我走向自动扶梯，我们上了二楼，来到了一个不太会被发现的咖啡厅，坐下点了喝的。在等待饮料端上来的这段时间里，我们就着本不该看到的东西进行了交谈。

“阿妙，那个女人应该是慎一新的女朋友吧。”

“大概是。”

“好像是怀孕了吧。”

“……应该是吧。”

“也是呢。他们看的睡衣上面都有喂奶口。”

我过了好一会儿才反应过来“喂奶口”是方便产妇揭开直接喂奶的衣服开口。其实这种事情并不是很想知道。

“不知道他们是不是要结婚了……”

母亲偏着头喃喃自语。

“……那肯定是要结婚了吧。”

虽然想着他们可能已经结婚了，但是我没有力气说出口。

“也是，毕竟都怀孕了。”

两人几乎同时叹了一口气，我和母亲你看看我我看看你，都笑了。

“阿妙，你没事吧？”

母亲把端上来的咖啡递到我手边，一脸关切地看着我。回过神来，我才发现自己泪流满面。

并不是因为慎一已经有了新的女朋友而伤心。

这么久没见，慎一还是像洋娃娃一样精致，但是比起以前多了一分可靠。放在女人身后保护着她的手。一脸宠溺地看着那个女人的侧脸。特别是开心的笑容。我从没见过他笑得那么开心。

和我在一起的时候，慎一总是一脸不满。

那个女人一定是发现了慎一的闪光点并鼓励了慎一。以前和千岁说起前公司的事情时，千岁说过，有的人善于发现别人的优点并鼓励别人，有的人就不行。

我对于慎一来说，就像白石前辈吧。我变成了和每天开心地看我笑话的人一样的存在了。“不太可靠但是很可爱。”我对慎一的这个想法里肯定掺杂着看不起他的想法。感觉自己高高在上，把对方当成傻瓜，就算被抛弃也仅仅是不甘心而已。

母亲向我递过来面巾纸，她可能也并不知道我哭泣的真正原因吧。

“怀孕了呀……”

母亲又嘟囔了一句。平时就感觉母亲把姐姐、弟媳、我按照一个顺序排列了。这个顺序肯定是生孩子的次数，刚才那个瞬间母亲肯定是把这个女人排在了我的前面。每次都因此感到心里很不舒服。突然有一种现在不在这里和母亲说清楚的话，一生都不会再有勇气提起这件事的感觉，于是我开口了。

“妈妈。”

我用母亲递过来的面巾纸擦着眼泪，面巾纸很柔软，也很吸水，很快就把眼泪吸干了。

“怎么了？”

“如果我现在说我要去说相声的话，怎么办？”

“那肯定是反对了。”

“而且还是去做笑福亭仁鹤的弟子。”

“这有什么‘而且’的。肯定不行呀。”

“那如果我远渡美国去巴黎当画家呢？”

“肯定还是反对呀。”

其实我是希望母亲就“远渡美国去巴黎”这句话来吐槽的，没想到母亲只是一个劲儿地反对。

“怎么突然说些这个？”

母亲一脸疑惑，明明还没有放糖就拿起茶匙搅拌起了咖啡。

“妈妈你常说‘只有生了孩子的女人才算成人了’对吧。

我对这句话感到很不舒服。为什么把生孩子当成是长大成人的评判标准呢？这样不对吧。妈妈你也不是为了‘长大成人’才把我们生下来的，对吧？”

这些年积攒的不解与抱怨，还是说出来了。母亲张了张口，只是看着我。

“原来你是这样想的呀，阿妙。”

“嗯。”

“原来是这样啊。”母亲垂下眼睑，喝了口咖啡刚想开口说话，又闭上了嘴，用手搔了搔后脑勺。

“抱歉。”

我不由自主地道歉。母亲愣了一会儿，笑了。

“为什么向我道歉？”

“我和你说这些，你肯定很受惊吧。”

“受惊？”

“大人才不会因为这些小事经常受到惊吓呢。”

“真是个傻孩子。”母亲又笑了。

“你从小就对我和你爸有隔阂呢。”

“隔阂？”

我倒有些惊讶了。

“还是应该说太过懂事呢。在你小时候，我就想，你要是什么事都跟我们说就好了。你姐姐就是一个很容易让人明白的孩子，而你，我经常搞不懂你的想法。”

说完后，母亲又喝了一口咖啡。我虽然也把咖啡杯捧在手里，但却没有喝。

“嗯……妈妈，对不起。”

“刚才不是和你说了不用道歉的嘛。”

“……嗯。”

妈妈察觉到我一直盯着她看，又笑了。

“能生下你们这几个孩子，妈妈感到特别幸福。你妈我年轻时也迷茫过、烦恼过，不知道自己到底想要过怎样的生活，更别提目标呀信念呀之类的。但是在生下你们、养育你们的过程中，我发现了比信念更重要的东西。那就是你们。

“我终于知道了对自己来说最重要的东西了，所以那时候，我认为我算是真正意义上的‘成人’了。当然，最重要的东西不是孩子也没关系，你妈我毕竟只知道自己的生存方式、人生价值，不能把这些随便地强加到孩子身上。该做选择的是你自己哟，阿妙。”

母亲说，一说到幸福的时候，她的脑海里全是我们小时候的画面。“特别是小时候的阿兰，是那种放在床上或旁边不管就会哭闹的孩子，所以要经常抱着，结果就导致腰酸背痛的，睡眠也不足，那时候真的感觉特别讨厌特别难过，有时候只能哭着找时间吃一些没烤的面包填一下肚子。然后到了你的时候呀……”母亲说起这些话就停不住了。听上去一点都不会觉得幸福，但母亲说起这些的时候却很开心。

“我说，我们要不要再点个小蛋糕呀？”

兴头上来了的母亲瞅着菜单提议道。

结果还是什么都没买就回家了。母亲提议一起去看一下姐姐，我们就一起去了姐姐家。两个外甥女坐在一起看动画片，听到我们走到客厅里齐声喊“姥姥、妙姨好”，然而眼睛都没从电视上移开。

姐姐请我们坐下，就开始抱怨一些例如最近孕吐很厉害只想吃土豆沙拉之类的东西啦，孩子他爸不帮忙做家务啦，对门家的一直在弹琴太吵了呀，最近的电视节目都很无聊啦之类的没头没脑的话，然后又拿出 B 超的片子给我们看。

“能平安无事生下来就好啦。”

我看着黑白的片子，什么都看不出来。

“生下来之后才要开始受苦呢。”

姐姐笑得很灿烂，开始举出一些麻烦事的例子。整块的睡眠时间都被打碎，生孩子后一年多里洗澡、吃饭、上厕所都得抽时间放在一起搞定，连抽几分钟放空自己的空闲都没有。有些简单的事情，比如吃药都要背着孩子偷偷吃。母亲一脸愉悦地看着喋喋不休的姐姐，还时不时补充插话，母女俩都很开心。

看到妈妈去厕所了，我赶紧向姐姐汇报刚才看到慎一和一个女人在一起的事情。

“是吗？慎一那家伙。”

姐姐皱起眉头，又看了看我说：“你倒是很冷静嘛。说起来那个像柴犬的男人最近怎么样了？”

比起慎一，姐姐好像更关心千岁的事情。

“这个之后再说。”

我又加了句“说来话长”，姐姐只是点了点头，反倒是我有些惊讶她居然没有追问。

“柴犬的事就先不说了，下次我要去你打工的店里看看。”

“妈妈也有兴趣吧？”姐姐向从厕所出来的母亲打招呼。

“是啊。”

母亲意味不明地笑了。所以我就说不该来嘛。

“那我画一下地图。”

听到我这话的姐姐很惊讶。

“真的没事吗？”

“嗯。”

我在姐姐递过来的便笺本上画着地图，突然意识到：“怎么突然感觉好羞耻!”姐姐和母亲异口同声地说:“反应太慢啦!”两人一同笑出声。

要回去的时候，姐姐送我们到玄关，猛地按了下我因为穿鞋而低下的头，我一下子没有把握好平衡，晃了几下。

“干吗啦，不要这样。”

姐姐嬉皮笑脸地看着我。

“哎呀，总觉得我家阿妙总算长大啦。”

“哪有。”

“真的！你姐说有就是有!”

姐姐自信满满地发表了这通宣言。

回到家后，我找出之前一直丢在抽屉里的慎一的照片和戒指，分别放在可燃垃圾袋和不可燃垃圾袋里，把垃圾袋扔到了外面的垃圾桶里。其实应该更早些扔掉的。

走回家走到客厅里，父亲从正在读的报纸中抬起头，看着我的脸。

现在的我到底是什么样的一副表情呢？只要不是惋惜的表情就好了。

“没问题的。”

到底是什么没问题呢？我自己也不知道，只是觉得应该那样说。父亲轻轻点了点头，视线又转回到报纸上。

十二

失恋事件之后，莲太郎变得很黏我。以前只是偶尔露面，最近基本上每周都会来店里长坐，和我喋喋不休地分享自己的事情。

“你该不会是为了转移自己失恋的难过心情，决定要开始喜欢我了吧？”

为防万一，我还是问了一下，结果被嫌弃了：“自恋也要有个度吧！”

“我可是很受欢迎的哟！”

莲太郎靠着货架环抱双臂，一副臭屁的样子。身材好、长得好、性格又好的男生自然受欢迎，但没必要环抱着双臂来表现自大的态度。

“然而还是被甩了。”

我故意揭他伤疤，莲太郎沮丧地垂下肩膀。

“说起来，我的恋爱都是以被甩收场呢。”

“这一点上和我爸挺像的哈。”莲太郎望着远方自言自语。

我装作没有听到，看一下时间已经过了十一点半了。

“该去做饭了。”

我走到走廊，看到客厅的门开着，里面传来了低声说话的声音。再往前走，看到千岁和堇相对而坐。我停下了脚步，一瞬间感觉呼吸不过来了。

千岁是什么时候过来的呢？

两人坐近了些，看着桌面上的什么东西。堇背对着门，我站的位置只能看到千岁的脸。千岁和平时一样，脸上挂着微笑。

我之前一直觉得千岁和堇两个人无论是外观还是内在都是相反的，这么看起来两人还是挺像的。

不管喊谁的名字都很尴尬，我站在那里进退两难，不知道该怎么办。啊啊，我知道了！

然而不知道什么时候莲太郎也过来了，大声说了句：“你在干吗呢？”堇听到声音回头看。

“啊，是小妙呀。”

千岁举起一只手和我打招呼，我不敢正视，只敢用眼角余光看他，焦急地想着说些什么好。

“那个……阿近……我突然肚子有些痛，可以请家吗？”

结果说出口的是这些奇怪的吐字不清的话。

“可以呀，你没事吧？要我给你拿药吗？”

堇一脸担忧地皱起了眉头。为什么在这个时候突然这么关心我！我不敢再往那边看，所以也不知道千岁是什么样的表情。

“妹关系……”

滑稽的语调让人诧异。我连声道着“包歉包歉”，跑出了店里。

感觉自己要呼吸不过来了。刺在胸口的不是荆棘，是刀刃。

时间的累积。莲太郎的存在。堇和千岁之间不同寻常的关系。感觉他们俩心里还有着某种相同的东西。虽然两人表现出来的不一样，但那只是我之前没有发觉而已。

正准备往车站走，莲太郎从后面追了上来。

“你这是突然怎么了？”

“怎么了吗，怎么了吗？”莲太郎像唱歌一样追问着。回过头来，莲太郎就像是发现了独角仙的小学生，眼睛闪闪发光。这肯定是他的复仇，为了报复我刚刚揭他失恋的伤疤。

“怎么了怎么了，难道是事到如今吃醋了？嫉妒了？喂喂，你在听我说话吗？”

莲太郎跟在我身后大声问道。

“没有嫉妒。只是明白了。”

“明白了什么？原来地球还有引力？抱歉那个的话，很久以前一个叫牛顿的人就已经发现了。不过总而言之稍微说说话也好，我们先去喝点什么吧！”

莲太郎环住我的脖子，硬拉着我走。

“放开我啦！”

莲太郎像是完全没听到我高声抗议似的，直接拉着我走进了一家快餐店。仔细一看这不是被慎一甩的时候的那家店吗？饶了我吧！

“这个来两杯。”

也没有问我的意见，莲太郎好死不死，点了两杯蜜瓜苏打。等莲太郎从厕所里出来后，我赶紧拉着他躲到了窗边的位置。

“所以？”

我坐到宽敞的位子后，发现坐在对面的莲太郎向后靠着，双臂环抱，看着我。

“所以，你明白了什么？”

“他们两个人很像。”

“说些什么呢，不是明摆着的嘛。”莲太郎不屑地嗤笑了一声。

“而且千岁不是很温柔嘛，一直都很温柔。”

我低着头说。

“堇也是对其他的人都很温柔。堇说‘健太郎的心就像是美丽的庭院一样’的时候，我还不知道这话的意思。

“但是看到刚才那一幕我明白了。千岁无论对谁都摆出那副笑容，大家都可以在千岁的庭院里休息，因为千岁不会拒绝任何人。但是这不就和‘谁都无法独占’的意思是一样的嘛。”

要是千岁对堇流露出不一样的表情也好。至少那样对千岁来说堇也是一个特别的存在了。我一点点说完这些后抬起头，莲太郎正在一边用吸管吸着绿色饮料，一边玩手机。

“喂喂，你在听我说话吗？”

“啊，抱歉，从中间起我就没听了。”

莲太郎把手机转向我这边，已发送的信息里有几条是发给“爸爸”的，内容分别是“装病的女人”“真麻烦”“过来接她”。

莲太郎把手机放回口袋里，咬着吸管看着窗外。

“喂，复杂人类。”

“住嘴！不要那样叫我。”

“啊，对不起，妙姐。”

“什么？”

莲太郎突然认认真真地叫我“妙姐”，我不禁感觉有些拘谨了。

“那如果那个人想要休息的时候该怎么办呢？”

我不太懂他这话的意思，沉默了。

“每个人都想要从别人那里索取，每个人都是那样。你不也是从我爸那里肆意掠夺他的‘温柔’嘛。这样不是很奇怪的嘛。妙姐你和我妈都太狡猾了，没有一个人想要成为我爸的庭院，你们真的太狡猾了。

“我爸的心里肯定也有特别的人，随意说他‘对待所有人的态度都一样’太过笼统了。如果你想成为对他来说特别的人的话，首先特别对待他不就行了。不要光单方面要求别人嘛，你们这些人，真的都不知道是怎么回事。”

莲太郎满脸通红，光顾着解释，都没有注意到自己直接说了“我爸”“我妈”。

“我只被那个人吼过两次。”

仔细看，发现莲太郎眼圈红了。

第一次是对堇说“我又没求你们把我生下来”，之后被千岁知道了，千岁愤怒地揪着莲太郎的衣领吼道：“你多少也该考虑一下堇的心情吧！”

第二次是在莲太郎第一次见我之前，堇给他打电话说：“来打工的那孩子好像在和健太郎交往，对你来说可能有些复杂，你平常心对待就行了。”莲太郎当时觉得很恶心，跑到千岁纽扣店里对着自己的父亲大喊："不要净找一些奇奇怪怪的女人，你就那么喜欢年轻女人吗！"

"然后他说：'你都没有见过小妙，怎么就说人家是奇奇怪怪的女人呢！'那次他真的发了很大的火。"

"两次都是因为别人发火，他就是这样的人。"莲太郎说完继续咬上了吸管，瞥了我一眼说，"真不知道那人看上了你哪一点。"

"抱歉。"

我从未考虑过莲太郎的心情。父亲的女朋友在母亲手下打工，想想就觉得恶心，那是肯定的。即使如此，莲太郎还是能处理好自己的情绪和我正常相处，实在是太感激了。

"也不用道歉啦。"

莲太郎有些不好意思："但是怎么说呢，想了想又觉得这并不是你的错啦，是我和那些人的问题。"能说出这些话的莲太郎比起我要成熟多了。

两人都沉默了，望向窗外。

过了一会儿，千岁来了。他站在门口偷偷看着里面，我有些不忍心，伸出手向他打招呼，他笑着走了过来，边连声说"太好了、太好了"边拉开我身边的椅子坐了下来。我正琢磨着到底哪里好了，千岁朝我伸出手，手心里是一个闪闪发光的东西。

“这个给你。”

是一个像珊瑚一样的淡粉色的戒指，用串珠做的。戒指中间镶嵌着一颗水果糖似的玻璃纽扣，戒指总体有些倾斜，看上去歪歪扭扭的。

“这不会是你做的吧？”

“嗯，刚才让堇教我的。因为小妙你在手工集市的时候不是很想要嘛。”

这个真的让我很困扰，非常困扰。很开心，所以感觉很困扰。开心到感觉要哭了，所以很困扰。因为我已经无法直视千岁的脸了。

“我当时并没有很想要……”

当时不过是看了几眼。千岁嘿嘿地笑了。

“是吗？不过你戴上试试看，肯定很合适。”

“是呀！”

“快给我开心点！”莲太郎一边怒气冲冲地吼道，一边接过戒指，抓住我的右手手腕。啊，这不是千岁该做的吗？我正晃神，莲太郎把戒指套在了我的无名指上。看上去稍微有些大。

“刚刚好。”

重新戴在了中指上，莲太郎举起我的手给千岁看。

“太好了！”

“真的真的。”

两人齐声说着“合适合适”，玻璃纽扣太过耀眼，晃得我睁不开眼睛。

“那以后就请多多指教啦。”

莲太郎说完后就赶紧回家了。我和千岁目送着他的背影，一时间两人都沉默了。正想着这股尴尬的沉默会不会永远继续下去，千岁开口了。

“我们有好久没见了。大概有两个月？你也不到店里来，我问堇她也只是说‘不知道’。”

“嗯。我在躲着你。”

千岁点点头，表情仿佛在说“果然是呢”。

“窝、窝不想喜欢上千随。”

下定决心说出来，结果声音变成了这副样子。千岁一时沉默，然后笑了。

“什么呀，‘不想喜欢上’不就是喜欢嘛。也是呢。怎么说呢……小妙你不说清楚的话我也是在顾忌着的……嗯……这到底是怎么一回事……”

千岁的语调懒洋洋的，感觉在这里烦恼着这种事的我真是傻瓜，听着千岁的话我感到全身仿佛都失去了力气。

“千岁喜欢我吗？”

我问道。千岁像小学生一样认真地点了点头，“嗯”了一声，又说道：“而且很少见嘛。”

“唉？什么少见？”我追问道。千岁稍加思考后说：“像小妙这样的人，只有小妙一个。”

“小妙一直手忙脚乱的，很有趣。”

因为看到我手忙脚乱，感觉很有趣，所以喜欢我。这完全不是一个好的告白。然而我却非常开心，因为千岁能坦诚和我说这些并不是很好的话。

“还记得你第一次来我店里的时候吗？我说你很可爱，你用很大的声音回答道‘多谢您的夸奖’，还低头鞠躬了。”

“不记得了。”

是真的不记得了。千岁又说我当时低头的姿势僵硬得像机器人一样，看上去很好笑。他眯起眼睛笑了，一个劲地强调“有趣”“有趣”。这个人哪，是觉得我不好的一面很有趣很可爱，然后爱上我的。这样想着，又想哭了。

玻璃纽扣沐浴着从窗外射进来的阳光，闪闪发光。

千岁送我到了车站。在闸机口正准备和千岁道别，他突然像少女一样扭扭捏捏地俯下身来。

“嗯……小妙。”

“嗯？”

“啊……没什么！”

这家伙欲言又止，就那样跑了。这算什么嘛！我虽心里有点不爽，却还是乘上了电车。

随着电车摇摇晃晃，突然觉得刚才发生的一切仿佛都不是真实的。我张开右手，确认一下手上是不是有戒指。无论看了多少次，戒指都切切实实地戴在手指上。

到家后，正在玄关处换拖鞋，传来了啪嗒啪嗒的脚步声，原来是妈妈过来了。

“怎么今天回得这么早？”

“今天早退了。不是因为我生病了。”

母亲今天不知道为什么穿了很正式的套裙，看上去像是要去参加家长会的家长一样。

她两手分别拿着一条白色珍珠项链和一条粉色珍珠项链，歪着头问我哪一条更配衣服。

“你要去哪儿吗？”

我指着粉红色的那条珍珠项链问道。妈妈开心地念叨了一通之前和谁谁谁一起去了什么酒店的第几层的一个叫什么什么名字的店里吃了饭，那家店很好吃，所以今晚我们三个人一起去吃。妈妈说得很快，感觉像在听绕口令一样。

“怎么突然想着出去吃？”

“因为今天是你的生日呀。”

“你自己都忘啦？”看到妈妈一脸坏笑，我终于反应过来今天是自己的二十八岁生日。难道这个戒指是千岁送我的生日礼物？这么说的话，千岁刚才没说出口的话是“生日快乐”？如果是这句话的话，感觉也没有必要那么害羞……不过千岁本来就比较怪，可能就是在这种莫名其妙的地方也会害羞吧。走到客厅，看到父亲在兴致勃勃地挑选领带。

“我是不是也换一身衣服比较好？”

母亲一边帮父亲取下领带上的金属扣，一边粗鲁地回答说：“随便穿啥都行。”

“没有人在意你穿的是什么啦。”

“喂喂，这是我的生日吧？”

“明明自己都忘啦。”母亲哧哧地笑着挽住了我，父亲也边安慰着我边挽住了我的另一边，三人一起出门了。“晚上要不要喝酒？”“那要么打出租车吧！”“好好好，打出租车！”父亲母亲欢快地讨论着。到了车站前打出租车的地方，结果一辆都没有。“等一会儿马上就来啦。”父亲指了指长椅。我走到长椅的一端坐下，父亲和母亲也跟着坐了下来。

夕阳西下，天空中的云被染成了金色，一朵一朵飘浮在空中，缓慢游动。父亲和母亲看着云，两人讨论起了焦糖色的云撕下一块尝一尝的话，肯定很好吃的话题，看来他们应该很饿了。

“爸爸，妈妈。”

听到我的喊声，两人一同转过头来看我。母亲的眼睛和鼻子都是圆圆的，连脸都是圆的。父亲脸很长，眼睛很小。母亲很任性，父亲很温和。明明两个人各方面都是截然相反的，凑成一对却那么合适。原来心里有着同样事情的人，气质上竟然会如此一致。

“司姨夫那里的工作，我拒绝了。”

听到我这话的两人对视了一下，然后同时点了点头，没有问我为什么。为防万一，我试探性地问了下：“可以吗?”“你不是已经决定了吗?”母亲笑着说。

一辆黄色的出租车向这边开了过来。我小声说了句“谢谢”，声音太小，也许他们两个都没听到。父亲指着出租车对我们说“来了来了”，站起了身子。“今晚想吃啥就点啥，我埋单!”母亲豪爽地拍了拍我的背。出租车门静静地打开了。

十三

虽说已经过了一年，但还是没什么变化，我还是我，日子也还是每天照常过。到了八月，千岁因为天气炎热食欲消减瘦了些，堇还是老样子。

某天堇突然对我说：“请教我做咖喱。”最近突然注意到，堇在用命令式的腔调时会变得害羞了。

“好呀。”

虽然有些疑惑她怎么突然心血来潮想学这个，但也还是答应了。两人一起走进厨房，堇紧紧握住菜刀，看上去特别吓人。这个人还真是不会做饭的人呀。我心里想着，偷偷地瞟了她一眼。

厨房里的珐琅锅和铁制平底锅都很旧了，但是可以看出堇的母亲很用心地保养着这些厨具，虽然很旧但是状态都很好，第一次走进这个厨房的时候就感觉出来了。做饭上面擅长，人际交往方面却不太擅长，以“在厨房太碍事”为理由不准女儿进厨房，堇大概就喜欢这样的母亲吧。每次进厨房的时候我都会这样想。

“先慢炒洋葱。”我对堇说。堇认真地点了点头，拿起木锅铲在锅里搅来搅去。

“嗯……不用那么频繁地搅拌也行啦。”

“啊，是吗?”

短暂的沉默。炒洋葱的香味充溢着厨房。想聊些什么来打破沉默，还是不知道说什么好。

司姨夫的声音突然在耳边回响。“快说!”前段时间去拜访他的时候他吼道。

司姨夫的公司比我想象的要规矩多了。推开公司所在大楼的玻璃门，看到里面有柜台，柜台上还摆放着插花。我被带到一间挂着“社长办公室”的牌子的房间里。司姨夫倚坐在一张两侧没有扶手的老板椅上，看上去很有派头。我站在办公桌前，眼睛滴溜溜地看看这看看那。

“虽然很感谢您对我的照顾，但是我还是不来这边工作了……”

听到我的话的司姨夫目光顿时锐利了起来，就像盯上了斑马的狮子一样。我一下子胆怯了，本来准备好的“借口”也一下子飞远了，想不起来了。

“为啥?”

“嗯……我想了很多……”

“‘很多’? 比如说呢?”

我就像站在老师办公室里挨骂的学生一样呆呆地站着，脑子里正搜肠刮肚地组织语言，司姨夫大吼了一句：

“快说！”

“对、对不起！”

看到我害怕地缩成了一团，司姨夫嘻嘻笑了：“把头抬起来，在那边的沙发上坐下。”总算是可以坐下来了，我暗暗地松了口气。“不过，这种事情不打电话解决却特意来这里跑一趟，也算是像你的风格。”司姨夫站起身，走到沙发边在我身边坐下，说。

“像我的风格？”

“认真得很奇怪。”

司姨夫从上衣的口袋里掏出两瓶营养饮料，递给了我一瓶。

“你是一个认真的好孩子。”

我不好意思地低下头说“太过奖了”，司姨夫突然问我记不记得以前拔草的事情。

姥姥家的庭院十分宽阔，不知道什么时候起就形成了“盂兰盆会大家凑到一起时小孩子们帮忙除草”的传统了。某一年的夏天司姨夫看着正在拔草的我们，像皇帝般地悠悠地说了句：“拔得最勤快的人有赏。”司姨夫说的大概就是那次的事情吧。司姨夫的有钱和大方在亲戚中都是出了名的，所以大家都很把他的话当一回事，很认真地拔草。

“当时小鬼们都干劲十足地拔草呀、拿着垃圾袋跑来跑去装草呀什么的。也有些孩子经常故意在我面前跑来跑去。”

“善于展示自己也不算坏事。”司姨夫点了点头。

“回过神来突然发现你不见了。我转到屋后的庭院，看到你正在那边一个人认真地拔草，泥都沾到手肘上了。明明没有人看得到，你还是那么认真。”

虽然之后不小心把小美树种的水仙给拔了而被骂得很惨。司姨夫突然提到了这段“黑历史”。明明不想想起来的！

“你不管做什么事情是不是都比其他人多花时间？”

“是的。”

“但是你每次都能找到适合自己的工作方法。像你这样的人可以在我的手下发挥出你的全力。”

“毕竟我可是一个有能力的管理者！”司姨夫挺起了胸膛。

“所以我才想要你来我公司工作，并不是出于亲戚情分才那么说的。当然，如果公司里全是你这样的人，那肯定会倒闭的。哈哈哈。”

眼睛感觉有些热热的，不会是想哭了吧。本来只觉得司姨夫是一个动作粗暴的怪大叔，没想到他原来这样看待我。啊，司姨夫，您是那样的可敬！感激崇拜之泪涌上来的瞬间，被司姨夫的一声“妙子队员”给硬生生地吓了回去。

“在！”

“要加油啊！”

玻璃窗都在跟着震动。

“是，队长！”

司姨夫被吓了一跳，然后仰天大笑。

答应了司姨夫“要加油”，但具体是哪一方面呢……我一边想着这个问题一边洗着砧板，握着木锅铲的堇突然看向这边。

“莲太郎说他要去远方。”

听这语气，应该不是去旅游之类的。

“‘去远方’是个什么情况？是要去哪儿干什么？”

堇含糊地回答说去北方，不知道去干什么。

“所以想给他做顿饭。他不是很喜欢咖喱嘛。”

“原来是这么回事。”

堇点点头，又开始手忙脚乱地翻炒着锅里的东西。

第二天，堇又发烧病倒了。

烧只用了一天就退了。那之后的一周，我在店里整理刺绣的线头时，莲太郎不慌不忙地打了声招呼走进店里。

“你要去北方干啥？”

“哈哈，你已经听说了？”

莲太郎若无其事地笑了笑。

“不是现在，是毕业之后找工作的话啦。而且不是还没决定嘛，只是说想要去而已。只能说是一个愿望。”

那不是还远着嘛，堇怎么突然就想做咖喱了？堇可能也是听到这种意想不到的话后心情有所波动才做出那样的决定的吧。

莲太郎还是没有告诉我所谓的北方和去北方干什么。他只是干脆地告诉了我他有想干的事情。所以我也没有再多问。梦想和目标，也只有梦想和目标才是他最珍视的东西。所以除非莲太郎张开手心让你看他紧握着的东西，否则别人是不可以随便去触碰或者追问的。现在就这样在心里默默为他加油鼓劲就可以了。所以，我问了其他的事情。

“她给你做咖喱了吗？”

“嗯。胡萝卜和土豆切也不切就那样整个放进去，后面都煳了。”

堇为什么不按照我说的去做呢……

“超级难吃。我吃了四碗。”

“啊？我给你做咖喱的时候你只吃了两碗！”听到我这话的莲太郎立马说：“碗数的差别就是爱的差别啦，你这个笨蛋！”还是一如既往地把我当傻子。

一想到堇一脸认真地做咖喱的样子，和虽然觉得很难吃但还是不停地添饭的莲太郎的样子，我的鼻子里面就感觉有些疼。

“如果我去了远方，那个人的事情就拜托你啦。”

说的是哪一个呢？应该是堇吧。

“那个时候说不定我已经不在这里了。你可能已经忘了，我不过是短时间来打工的。”

莲太郎一脸受到惊吓的样子：“对哈，我居然会把这么重要的事情托付给可乐子！肯定还有办法的……”

“居然”是怎么回事啦！而且，我的名字也不叫可乐子。

现在的莲太郎应该是在很认真地思考以后的事情吧。我注视着他笑着离开的背影，心里想。再看看我自己，简直是太羞耻了。

我拿起整理好的刺绣线头，走到客厅准备交给堇，看到堇正一只手拿着刺绣框，另一只手拿着针认真地干活。

“阿堇。”听到我的喊声堇抬起头，简短地问我“怎么了”。

“那个时候，你为什么邀请我来这里打工呢？”

堇没有回答，拿着针的手只是继续活动着。看她大概是没有要回答的意思，我转身准备回到店里，堇开口了。

“因为你。”

转过身来，堇停止了手上的动作，看着我。

“大概是因为那时候的你碰巧在那里吧。”

“那时的你蹲在路边呜呜地哭呀……”堇喃喃自语，忍着笑时会出现的梅干一样的皱纹又爬上了她的下巴，好像想起了很多往事。我默默地看着堇的脸，堇也看着我。

“就这样吗？”

“不知道你在期待着什么样的答案，就是这样啦。”

堇又转回了工作台。我嘟囔了句“这样啊”准备回店里，堇提高了音量说：“就结果而言真是太好啦！”我没有回头，也不好意思回头。

回到店里，我打开笔记本，握着笔站着发呆。

玻璃门打开，有客人进来了，是一个抱着孩子的女人。我道了声“欢迎光临”，然后不由自主惊叫了一声：“啊……”

原来是之前来埋人偶的大肚子女人，现在已经生下孩子了。“哇，孩子已经出生了呀——哇，好小，还有绒毛呢！——哇，小手扑腾扑腾的！”我看着襁褓里露出来的小手小脚一一惊讶着。

“多谢。”

女人低头鞠了一躬。

“恭喜你呀，生下这么健康的宝宝。”

听到我的祝福的女人轻轻点点头，抚摸着孩子的头发，手法很温柔。

“那个时候真是谢谢你啦。”

“我什么都没有做呀。对了，我去喊堇过来吧。”

女人慌忙制止了准备向门那边跑去的我。

“没事，不用啦，不用特意叫她。”

“但是接受客人的棺材盒子的是堇……”听到我嘟囔的女人轻轻地笑了。

“那个时候，我没有勇气走进店里，是你对我说‘请进来逛逛’的吧？我当时听到这话真的松了一口气呢。所以，谢谢你。”

这种事情明明就是店员应该做的嘛。明明是很简单的事情，女人却再次向我道谢。

“谢谢你。”“不不，不用谢，我才应该谢谢你！”“真的很感谢。”两个人谢来谢去，对视了一下，同时笑出了声。

我看着女人的笑脸，心想：真美啊。

这个女人把什么和人偶一起埋葬了呢？我大概是不会知道了的吧。并不是把东西埋起来了之前的一切就会完全结束，以后的日子里肯定还会有很多的烦恼和迷茫，但是眼前的女人在这一刻笑得如此美丽。

女人买了我推荐的布制小兔子，离开了。“等这孩子长大点后，我会让他经常过来玩的。”女人说着，又轻抚着孩子薄薄的头发。

我合上笔记本，从包里拿出自己的棺材盒子，放在笔记本封皮上。

想起之前堇拒绝帮我埋订婚戒指的事情，便哑然失笑。现在感觉自己有些明白当时堇为什么拒绝了。

将来有一天，当我遇到让自己无可奈何的事情时，也许会用到棺材盒子。但是，在那之前还不行。

在那之前，必须要用尽全力去尝试解决。

堇说别人送的东西堆得太多，所以就决定中午煮挂面吃。水烧开后莲太郎钻进厨房，不满地嘀咕了句“今天吃挂面吗，真是偷懒”，堇有些发窘。

“法事是在下周吧？”

莲太郎边拉开餐桌旁的椅子边问。两个人开始热烈讨论起渡轮出航的事情，我在厨房里一边切着蘘荷和葱，一边有一搭没一搭地听着。

“田中，你晕船吗？”

堇突然问起了这个。我想起了司姨夫带我和弟弟去海钓的时候我在船上大吐的情形，心有余悸地回答了“晕”，莲太郎立刻笑着说：“那要买些晕船药备着了。”我心里一惊，堇说：“你也一起去吧。”

“真的？”

我以为是开玩笑，咧着嘴笑了，堇却一脸认真地看着我。

“啊？为什么呀，为什么叫我去？”

“你说为什么，当然是因为是你呀。”

“对对！”

长得一模一样的母子俩同时点起了头。

“啊？但是……”

“千岁知道吗……”我嘀咕着。莲太郎无所谓地说：“就算不知道也没什么。”

“那我问一下怎么样？”

堇站起身去打电话。“喂，我是堇，下周的那件事哈，我想带田中一起去，怎么样？嗯嗯，对，是那样。啊？啊，好的，那我叫她来接电话。”

“喂？”

我畏畏缩缩地喊了声，电话那头传来千岁温柔的声音，我应了一声，有些想哭。明明前天才见过，昨天还打了电话，但不知道为什么此时此刻总觉得有些怀念。我扶正话筒，提及了千岁母亲的法事，电话那头的他“啊”了一声，传来了轻轻的笑声。

“能来吗？”

“可以吗？”

去的话可就相当于要和父亲以及亲戚们介绍我了，千岁和我都要有心理准备。这种时候去真的好吗？这种被那两个家伙你一言我一语地决定的时候。

“嗯。”

我想说的事情还没说完，千岁又悠悠地加了句：“去吧，鱼很好吃的哟。”

下午下班后，我去了千岁纽扣店。不知道自己为什么要去，只是突然很想见到千岁。看到我时千岁和平时一样微笑着，问我要不要一起去散步。问他为什么突然想着散步，他也只是说突然想。锁上门后，我们一起出去了。

“莲还在家里吗？”

千岁边走边问我。我点点头，犹豫了一下后还是告诉他："莲太郎说他毕业之后想去远方，说是有想做的事情。"

"这样啊，不愧是莲。"

走到人行道前，千岁抱起双臂。

"如果莲太郎真的走了，会感到有些寂寞吗，还是担心？"

"没事啦，莲这孩子很坚强的。"

"老话不是说'要让自己疼爱的孩子去经历风浪挫折'嘛。嗯嗯，就是这样。"千岁自言自语，点了点头。

信号灯变绿了。

"走吧，小妙。"

千岁往前走去。

"不担心堇吗？"

"虽说离莲太郎出去还有好几年，而且还没确定，堇可是慌张地突然学起了做咖喱呢。"听到我的话后千岁笑了。

"堇不是还有你嘛。"

"说起来今晚要留在我那里吗？"千岁问。我摇了摇头。

我从今天开始要去学编蕾丝了，每周两次。

"哎，为什么突然去学那个？"

"堇不是只有蕾丝不会编嘛，我就想帮帮她的忙。除了看店呀、做饭呀之类的，如果还能做些手艺活不是能帮更多的忙嘛。”

“也是哈。”

“我很厉害的哟！”

“是嘛。”

“堇可是目瞪口呆地看着我说‘没想到田中你这么厉害’的哟！”

千岁哈哈大笑，说：“你刚才的语气很像堇。”

短暂的沉默。两人继续走着。

“千岁。”

千岁没有回头，“嗯”了一声。

“你可以对我说一句‘一切都会没事’吗？”

“一切都会没事的。”

“谢谢。”

“怎么了？”

我搪塞了句“没什么”。其实心头有万般思绪，但是如果千岁对我说“一切都会没事的”，我就会相信一切都会没事的。

我们就这样并排着走下去吧。本想说出来，还是没有说。不是某一方在前面苦苦拉着，也不是某一方在后面吊着不肯走，而是像这样齐头并进。

“活动扳手。”

“透视图。”

“过氧化氢溶液。”

“人造蜘蛛抱蛋①。”

走着走着，千岁又开始列举起他觉得很酷炫的单词了。

说起来，这里是哪里？不知道什么时候走到了一个我不认识的地方了。千岁觉察到了我小心翼翼的步伐，笑了。

“没事的，不会迷路的。”

千岁向我解释拐过那边的街角就是车站，我第一次觉得他如此可靠。

“小妙你也说说看，比较酷炫的单词。”

“啊？嗯……沙门氏菌！”

“小妙你真是喜欢细菌呢。”

千岁好像总结出了什么经验似的点点头，又问我要不要牵手。

我吃了一惊，有些不好意思地伸过了手。

“走吧。”

千岁拉过我的手，看着我手上的戒指，像被戒指的光芒晃到眼睛似的眯起双眼，笑了。

---

① 蜘蛛抱蛋，又名一叶兰。人造蜘蛛抱蛋，是日本便当中常用来分隔不同食物的绿色塑料片。

他灿烂的笑容，又一次让我的声音消失了。

十四

渡轮缓慢地移动着。

从家里到港口很远，开车花了快一小时。昨天晚上一直被“到时候该怎么样和千岁的父亲以及弟弟之类的亲戚们打招呼”“穿这身衣服去真的没事吗”之类的问题困扰着，虽然千岁的车能够开到港口，但是坐哪个位置好又成了问题，结果几乎一夜没睡。操心了那么多，结果车到的时候莲太郎赶紧钻进了副驾驶位，我就和堇一起挤在后座了。

我没坐过汽车渡船，还以为是车开到船上后直到船靠岸都必须在车上，被嘲笑了好久。之后虽然有人向我解释有乘客室，但是和我所想象的宾馆房间一样的单间相比太不一样了——只不过是一间天花板很低、地上铺着绒毯的房间。墙上挂着很大的电视机，放着新闻。乘客们都在叽叽喳喳地聊天，有的在喝水，有的在长椅上躺着，感觉就像在自己家里一样放松。我们四个人坐在角落里，出海才五分钟我就已经很不舒服了，明明已经吃过晕船药了。

“去甲板上吹吹风说不定会好一点。”

听莲太郎这么说，我顺着扶梯摇摇晃晃地往上爬，半路上感觉自己的手腕被抓住了，回头一看是千岁。千岁的另一只手提着一个空塑料袋，可能是为了预防我吐出来。

走到甲板上，能够闻到微微的海浪带来的咸湿的味道。我抓住白色的栏杆，千岁对我说：“不能一直盯着近处，不然会更晕的。”于是我放远了视线，看着远方的海平线。张口刚想说些什么，千岁往我嘴里放了一颗糖，是梅子口味的。千岁说分泌唾液的话会好过些，我连确认的力气都没有了，只是点点头。

好难受。感觉胃里在翻江倒海。海浪的气味、梅糖的味道、渡轮的马达声、小孩子的喊叫声、直射的太阳光以及对千岁的愧疚心理全都混合在一起，更难受了。下船时千岁靠近我说：“你的脸色就像复印用纸一样苍白。”

从渡口到千岁家开车只用十分钟。小车渐渐开离了海边，穿过一条两边开着别致小店和小邮局之类建筑的街道，又来到了一个小港口。这个港口停靠着大概二十只渔船，几栋大小相同的古旧房子沿着海堤矗立着。有一片比较大的空地上停着几辆车，千岁熟练地把车开到那边停好。我缩头缩尾地跟在他们后面，四个人在一家挂着“千岁”的牌子的住宅前停住了脚步。房子玄关的门没有关，千岁冲着里面喊了声“我们到了”，伴随着一阵嘈杂的叫嚷声，出来了几个晒得很黑的男人。

“欢迎回来!”“这位是小健的女朋友吗?”“渡轮上人多吗?”一片叽叽喳喳的说话声。千岁向我介绍：“这个是我弟弟政次郎，这个是我表弟……”全都长的一个样子，而且都晒得很黑，完全分辨不出来。我的反胃程度达到了高潮，身体摇摇晃晃的，站都站不稳，光是报出自己的名字就已经是竭尽全力了。

大家带我到客厅，有两个女人在忙上忙下，几个小学生模样的孩子围着一个一岁左右的孩子，不知道在聊些什么。屋内佛龛前盘腿坐着一个目光炯炯的精瘦小个子男人，大概是千岁的父亲。

千岁简短地说了声“我回来了”，盘腿坐了下来。我跟在后面也坐了下来。

“这位就是我之前电话里和你说过的田中妙。”

我赶紧向叔叔问好，叔叔点点头，挠了几下耳朵对堇说：“让这个小姑娘进里屋休息一会儿吧。”他说话声音特别洪亮，听上去就像在训我。

“你的脸色变得像隔扇纸一样苍白了。”

千岁的比喻还真是多。

我被带到走廊深处的房间里。是一间没有家具的四张半榻榻米那么大的房间，窗边挂着浅蓝色的窗帘。可能原本颜色会更深，只不过因为时间久了颜色变浅了。榻榻米和墙壁也都有些褪色。

“这以前是健太郎的房间哟。”

突然被告知了这些，堇打开柜子，麻利地拿出了棉被。

“我待会儿再来。”

堇把包放在榻榻米上，只拿出了手帕和数珠就快步离开了。像换班一样地，千岁端着一罐冰绿茶进来了。千岁边把茶递给我边嘻嘻笑着对我说：“这个房间很朴素吧，大家还以为来的新娘肯定是个不怎么样的女人呢。”我嘟囔了句“我又不是你的新娘”就钻进了被子。枕头上散发出微微的薰香，被子稍微有些潮湿，有点凉凉的，可能是没怎么晒吧。然而这些事情都无所谓了，现在的我能够躺着休息一会儿就很满足了。

大概是因为昨晚基本上都没怎么睡，我盯着天花板没多久就困了，于是闭上了眼睛。家里貌似来了和尚，伴随着时隐时现的诵经声，我睡着了。再次睁开眼睛的时候，耳边传来了走廊里孩子们的笑声和跑动声。应该是到了吃饭的时间了。

我试着坐起身，本在睡着时消失的反胃感就像察觉到我的苏醒一样，又“东山再起”，我不禁发出了一声呻吟。有人轻轻叩门，我应了一声，堇走了进来。

“能吃点东西吗?”

“还不行。”

“生鱼片之类的也不行吗?”

“绝对不行。”

“这样啊。”堇面无表情地点点头，坐在被子旁。

“这间屋子里什么都没有呢。”

我环视房间，说道。如果有书桌或者海报之类的，还能够想象一下千岁的少年时光，然而什么都没有的话果然还是想象不出来。

“健太郎三十多年前就离家出走了。”

堇合上双手，频繁地搓动着，一副欲言又止的样子。我百无聊赖地把玩着绿茶罐子，又把罐子放回到榻榻米上。

“其实这附近有一个高中可以乘船上下学。岛上的孩子们基本上上的都是那所高中。”

“这样啊。”

“健太郎其实一开始也没有必要去我家寄宿上我们那边的高中。只是我爸妈执意。”

“执意要他去。”堇补充道。听到堇说话越来越恭敬，我明白了她在讲以前的事情，同时也有一种不好的预感。“美津子阿姨，”堇说出这个名字后又向我解释道，“美津子阿姨是健太郎去世了的母亲。

“美津子阿姨老是打健太郎，所以我父母执意让健太郎搬到外面去住。说是分开住会好一些。”

果然是这样。我闭上了眼睛。果然不是好事。

“美津子阿姨是一个眼神凶恶的女人，只疼爱千岁的两个弟弟，从小就对健太郎非打即骂，骂声从外面很远的地方都能听得见。一不顺心则抄起竹竿或者拍被子的杆子，顺手就打。被打的健太郎也从来没有哭着求饶，而是一直默默地忍耐着。

“千岁上中学的时候突然一下子就长个了，身高很快就超过了母亲，力气也比母亲大，但即使这样他也从来没有抵抗过，只是默默地忍受着被打。这些都是之后听他的弟弟们说的。”

“弟弟们为什么不去阻止呢？他父亲也不阻止？这不是虐待吗？”

“虐待啊……”堇喃喃自语，陷入了深思。

“是啊……本来是一件不正常的事情，然而每天都看到的话也许就麻木了。”

“为什么只那样对千岁一个人？”

“不知道。也许是性格合不来。”

“……就因为‘合不来’吗？”

我想大叫“他们难道不是母子不是亲人吗”，拼命忍住了。客厅那边传来了阵阵笑声，大概是在聊什么开心的话题吧。

“就是那种程度。”

“并不是所有的母亲都会无条件地对自己的孩子倾注所有的爱。不管什么样的女人，生了孩子之后就会成为‘母亲’。只不过生了个孩子，人格又不会因此改变，母性什么的根本不值得信任，母亲并不是什么崇高的存在，我就是这样的。”堇叹了一口气。

“父母死后，我一想到从今往后我只能一个人生活了，就感觉心里很没有依靠，每天都在哭。每天都觉得心里空洞洞的。觉得很害怕。所以那个时候很想要生个孩子，想要一个可以去疼爱、去拥抱，可以把脸紧紧贴在一起的对象。

“然而到了现在才突然发觉这其实是非常任性的，只不过因为这么简单的理由就想要生个孩子。总说母爱深似海、为母则强，每次听到这些赞美母亲的话，我总在心里叫着‘母亲才没有那么厉害’！不要因为对方是‘母亲’，就期待着她能有无限的爱与坚强。”

“这并不是任性。”

我有些语塞，想说些别的，结果只说了这一句话。本想说些诸如“这是为阻止少子化而做的贡献啦”，或者“想要个继承人啦”之类的冠冕堂皇的理由，但不管怎么说，“生产”这一方的堇，生孩子的原因仅仅是“想生而已”。这样一来也只能总结为“任性”了。

我的母亲和姐姐肯定没有想过这些事情。因为在她们看来，想生孩子只不过是女性的天性使然，是不得不做的事情。然而堇的话，肯定会钻牛角尖。

堇，因为寂寞而想生孩子，可能如你所说，是一件很任性的事情。然而我却非常喜欢这样的堇。

一直以来，我都以为堇是从不动摇的坚强的人，因此经常会认为堇肯定不会懂我的心情因而气馁，进而性格变得扭曲乖僻。在此之前我所注视的究竟是堇的哪里呢。

这些话本来都想对堇讲的，然而这些都无法组织成正常的语言说出口，只能一个劲儿地重复“这不是任性”。

“这样生下莲太郎后，寂寞就消失了吗？”

堇温柔地笑了：“那是肯定的。”

“根本没有感伤寂寞的时间。”

“这样啊。”

“莲太郎从小就很欢腾，虽然个子很大，但却是个爱哭鬼，而且还很能吃。”

“哈哈，的确是那样。”

我深有同感。

“但是能生下他真的太好了。我很幸运，能有他这样的儿子。”

原来是这样啊。我点点头。我也觉得，莲太郎能出生于世真的太好了。

堇，你知道吗？碗数的差距就是爱的差距。莲太郎是这么说的。莲太郎肯定也是那么想的，觉得能被你生出来真的太好了。但是这些我还是说不出口。

“但是……”堇又开口了，她嘴角的笑容消失了。

“我总是觉得，除了我的亲生骨肉之外，其他人我是爱不起来的，这也是我的一种任性吧。

“比如说，如果不是出于这种想法的话，那我也能很好地去爱健太郎了。但是我做不到。到最后我也不过是利用了健太郎而已。”堇的声音有些低沉。

“健太郎总是那样，把自己的感受放在最后，优先去尝试接受他人的感情。

“健太郎过于温柔，总是愿意为了别人去牺牲自己。”堇的声音有些嘶哑，“有些人总能很敏感地‘嗅出’健太郎这样的人的存在，然后把健太郎的心当成自己感情的发泄地、垃圾场。虽然我自己也没有资格这样说，但是我想保护健太郎远离这样的伤害。然而还是做不到。结果我自己，也做了和那些人一样的事情。”

说完后堇就不再开口。然而她紧紧握在一起的用力到皮肤发白的双手、沉重地伏下去的眼睫毛，无一不在叙述着堇对千岁的愧疚。果然，他们两人之间有着超越爱情的关系。但这种关系已经不会成为困扰我的荆棘了。

其实我也没有必要被荆棘所困扰。我并不是堇。我曾经讨厌自己不能像堇一样坚强，然而我就是我。堇能做到而我不能做到的事情太多了，但是也有我能做到而堇不能做到的事情。我身上有着某种堇所不具备的坚强，这也不是不可能的。

而且，我一直以来都没有好好正视过千岁的存在。我一直只是把他当成一个温柔的人，然而那其实并不是温柔，而是一种放弃。在那种环境下被养大的千岁，可能自己也认为自己对他人来说，不过是他人的垃圾场吧。

不是这样的，千岁。我现在就想飞奔到客厅，想要这样对千岁说。是千岁教会了我不可以说自己没用，也是千岁告诉了我不美好的地方也很有趣，很可爱。我想现在紧紧地抱住他，告诉这个教会了我很多重要事情的男人：你是我很重要的人。

“阿堇，那个棺材盒子是怎么一回事呢？”

犹豫了一番后我还是开了口，堇点点头，说那是千岁的一个什么东西，后面的部分没有听清楚，不过，那样也好。我没有必要知道具体内容。

堇又伏下身子，说自己无法原谅自己的所作所为，因此必须背负着。但这真的是千岁所希望的吗？

堇进入房间里才过了几十分钟，我感觉像是过了很久很久。走廊里有人叫了一声“小堇在吗”，堇吓了一跳，直立起腰。

“小堇？”

居然叫得这么亲热！我不由自主地惊叹了一声，堇说：“这有什么，你能起来的话，也一起过来吧。”又恢复了平时的命令语气，看上去好像很害羞。

回到客厅，桌上只有吃完后散放着的碗碟，孩子们和女人们都不知道去哪儿了，只有男人们聚在一起聊天。有人告诉我末班渡轮大概一个小时后发船，我感觉自己来千岁老家就是为了睡觉一样，很难为情。

站在玄关处目送我们的千岁父亲对我说：“有时间还过来玩。”然而那种语气好像并没有很想要我再来的意思。我回答了“好的”，语气里也很难说有多少热情。

走出玄关后，我下定决心回头。

“千岁爸爸。”

我的声音在发抖。千岁的父亲挠着下巴，面无表情地看着我。

“我要成为庭院。”

千岁的父亲沉默着，一脸不明所以。那是肯定的嘛。但是我忍不住不说。

只有莲太郎一个人大概明白了我想说的话，他拍了一下我的肩膀：

“回家吧。”

回到渡轮上后，我直接走向甲板。本想一个人静静的，结果三人一起跟过来了。莲太郎发现了几张长椅，赶紧拉着堇的袖子嚷着“那边有椅子，快看有椅子”，堇皱着眉头说：“‘椅子’‘椅子’的，吵死了！”结果两人一共说了不下八遍的“椅子”，一起坐了下去。

我靠在栏杆边，眺望海面。目光所及之处尽是蓝色。千岁背靠着栏杆，一脸担心地对我说：“朝下看的话会更容易晕哟。”我赶紧仰面朝上。

“海很干净。而且是个很安静的地方。”

我对千岁讲了我对小岛的感想，千岁微微地点了点头。

“也不是只有好的地方。小车呀自行车呀都很容易生锈，自来水也都有一股铁锈味。”

“这样啊。”

“最让人难受的还是被海包围，感觉无处可逃。哪里都去不了。”

把大海放进棺材盒子里。突然想起千岁之前说过的这句话。

千岁的表情基本上都没什么大的变化，只是像刚才一样“嗯”了一声。我有些迷茫，但还是选择问出口。

“是想从母亲身边逃离吗？”

千岁一瞬间睁大了眼睛，然后又好像有些困扰似的用中指揉了揉太阳穴。

“你从堇那里听说了呀。”

我“嗯”了一声点了点头，看向长椅那边。他们好像在聊些什么，这边听不到他们的声音。

“也不是特别残忍的母亲啦。

“每天都好好做饭，需要的东西也都会买给我，就算打我也不会往死里打。世界上有好多人承受着更残忍的毒打，和他们比起来，我过得好多了，真的没什么的。”千岁笑着说。我在那一瞬间有些憎恨让千岁说出这些话的他过世的母亲。居然能让自己孩子以这种“好多了”的生活方式生存下去，简直不可原谅。无论是谁，做出这种事情都不可原谅。

“她很可怜的，总是怨天尤人。‘我要是没有生在这个时代就好了’，‘我要是没有嫁到这个地方就好了’。总是这样满腹牢骚。

“一方面觉得这里不是自己的容身之所，另一方面又无处可去，很可怜。自己的容身之地除了那个岛别无选择。”千岁的语气和平时一样沉稳。

“我没有觉得她不可原谅，但是也不会去接受她做过的事情。只是感觉我能够理解她。她死了的时候，我感觉像是松了一口气。并不是开心，只是感觉一切都无法挽回了。这和伤心又有些不一样。

“是不是还没有正面回答你的问题呀，真是抱歉。我不知道该怎么说。”千岁有些不耐烦地摇了摇头。

“不用现在一次说完的。一点点地说就好。”

我伸过手，轻轻碰了碰千岁搭在栏杆上的手。

“嗯，大概花个五十年就能说清楚吧。”

五十年后千岁九十五岁。当然如果他能活到那个时候的话。

“那时候就变成糟老头啦。”

“五十年后小妙也七十八岁啦，也变成老太婆了。”

“那就没什么差别啦。”千岁笑了。我想反驳说七十多和九十多完全不一样，看到千岁乐呵呵的样子，沉默了。

两人靠着栏杆，一时间都没有说话。

“说起来，最近……”

千岁突然开口。

“最近我开始觉得我们俩的差距不大了。一开始的时候我想了很多，比如说如果小妙的爸爸说‘你和我女儿年龄差距那么大，而且还听说你儿子都有了，儿子的年龄也很大了’‘开纽扣店能赚到钱吗’‘你能让我女儿幸福吗’之类的话，该怎么办？我是无所谓啦，不过小妙你夹在中间会很难受吧。”

“我爸才不会说这些话……”

“嗯，这也有可能。还有啊，小妙，你最近没有那么喜欢我了吧。”

手肘支在栏杆上的千岁语气里并没有责怪我的意思，我却因此更加坐立难安。

“……千岁，你是抱着这样的想法继续和我交往的吗？”

千岁“嗯”了一声，若无其事地点点头。

“因为不管小妙你的想法如何，我都是喜欢小妙的，这种心情是不会改变的。并不会因为对方觉得自己无所谓就自己也觉得无所谓了。如果一开始的时候双方抱着同样种类、差不多的心情开始交往的话，应该是最理想的状态吧，实际上是不可能这么顺利的。每个人都有各式各样的想法，情况也各不相同。虽然我不知道小妙为什么和我交往，但是现在小妙在我身边。这是我的选择。我觉得，这件事……”

千岁说完“这件事”后笑了。我觉得自己仿佛看到了彩虹。

“我觉得这件事真的是太好了。”

千岁是我的彩虹。今天的彩虹格外美丽。

十五

从岛上回来后又过了两周。

我向堇提议要不要在庭院里种花，堇淡淡地点了点头，我反而对她同意种花这件事感到震惊了，反复确认了好几次是不是真的可以。

“可以。我觉得可以。”

堇的回答风格还是一直没变。

“郁金香、波斯菊、百合之类的都挺好，但是很难买到花苗呢，怎么办？”

我一边翻阅着《建造完美庭院》这本书，一边问在吃午饭的堇。

“都交给你了。”

比起花花草草的事情，堇的心更明显放在了面前的蛋包饭上，就这样把这件事丢给了我。

“那还是种最初的木槿花吧。”

“那么随便吗?!”

说好了全都交给我，结果还是对我的想法不满意，堇的眉毛抖动了一下。

总而言之，从第二天开始，我们就要拔掉院子里疯狂生长的草了。拔掉所有的草，花了我们差不多一周的时间。我在山荔枝树下放了一个长椅，搬了几盆嫁接植物在上面，顿时感觉庭院里的气氛要开朗多了。

今天店里休息，我们准备做花坛。打电话拜托莲太郎，莲太郎嘴上嘟囔着“你可真会使唤人”，但还是老老实实地和千岁一起去买砖瓦和水泥。

“这些孩子办事真慢。”

我和堇并排坐在长椅上等着他们回来。原来对于堇来说儿子和千岁都是“孩子”。

“是啊。”

堇眯起眼睛仰望着树，用手帕不住地往脸上扇风。

“说起来，体检结果怎么样？”

我感觉有些无聊，于是问堇。

“为什么突然问这个？”

“没什么，就是希望你身体一直健康。”

“讨厌，不要说出这种在敬老节才会说出的话。”

堇好像是真的生气了，我赶紧换了一个话题。

“要不要在庭院的那边搭一个蔷薇拱门？”

“嗯。”

“蔷薇拱门的对面就设一个花园吧。种些茉莉花之类的，之后还可以做茉莉花茶。”

“嗯。”

“在长椅的旁边设一张桌子，这样一来客人来了还有地方喝茶嘛。”

“也是呢。”

“那要不要在长椅旁种木槿花？”

“就说了不行嘛！太随便了！”

果然是只抗拒木槿花。

“田中你为什么这么执着于庭院？”

堇没有转过身，面朝前方问道。

“因为我决定要留在这里了。”

感觉自己好像没有正面回答。堇“嗯”了一声，点点头。

这个庭院。

“会有很多的人来吧。”

“是啊。”

我叫了一声“阿堇”。堇一脸惊讶地看着我。

“我觉得还是埋了比较好。”

即使堇觉得无法原谅自己，必须要一直背负着。

埋在这个庭院里并不代表着忘记，也不是当成没有发生过。所以……

“所以，你还是把那个棺材盒子埋了比较好。我觉得。”

堇沉默地看着庭院，一时间没有开口。

“是吗？”

不是“是啊，那就这样吧”，也不是“是啊，但是不行”，而是“是吗”。堇再也没有开口说话，但是有这两个字就够了。

微风温柔地摇动着树叶，阳光穿过树叶间的缝隙射到我们的额头和脸上，成为堇脸上比任何宝石都要美丽的装饰。

“阿堇，你真美。”

现在的我能够说出这些话了。堇微微地抖了抖眉。

“你从刚才起怎么回事？真恶心。”

“没什么，只是说了我想说的话。”

“我不会因为你的马屁就给你涨工资的。”

“果然还是老样子。”

看到我垂着头灰心丧气的模样，堇愉悦地笑了。

汽车的引擎声逐渐靠近，引擎停了。走进庭院的千岁和莲太郎看到我们，同时举起了一只手向我们打招呼。

梦想的种子

找不到，到处都找不到。我一个人待在无处落脚的乱糟糟的单人房里，焦急到不得不发出声音。把帆布包翻了个底朝天，能找到的也只是线头和积灰。不管找了多少次，就是找不到。

到底掉到哪里了？我把地板上的脱下的 T 恤、袜子和堆着的漫画，桌子上放着的昨天用过的杯子和前天用过的杯子、皱巴巴的小票和零钱，浸透了汗水的褥子和毛巾被翻来翻去找了个遍，也没有找到我的笔。

如果不是掉在家里，那肯定是掉在外面了。想到这里，我不由得双手抱住头，揪住头发开始呻吟。我的笔啊！

这样不是挺好的嘛，我脑子里的另一个自己对我说。反正你也是打算把笔埋起来。埋起来，让一切结束。

是这样的，的确是这样没错。但是自己“让一切结束”，和被动的“一切结束了”，还是有很大差别的。是完全不同的。

昨天去了那家叫做“薇奥蕾塔”的店。第一次听说那家店还是半年前，是从高中同学田中那里听说的。几年前的同学会上碰到田中，得知他的工作调动到我住处的附近后，我们俩人就经常一起喝酒，最近却没什么联系了。但即使如此，在田中打电话来说“好久不见，要不要一起喝一杯”时，我一开始却是想要拒绝。因为田中上班的是一家算是比较大的公司，而且应该已经结婚了。

如果赴约的话，田中一定是由“最近还好吗”的寒暄语开始，然后问“你最近在做些什么”吧。我都能想像出他会在居酒屋边用热毛巾擦着手边这样问我的情景了。如果我老实回答了我在做兼职警卫，那么田中一定会用响彻整家店的音量大声问：“兼职？”

“真的吗？我们已经三十了，你要争点气呀！难道说你现在还想着做漫画家？”他一定会这样说的。一定会的。

“喂喂，要好好认清楚现实啊！啊，对了，给你看看这个（此时拿出手机），这是我家的女儿，可爱吧！已经会爬来爬去了，时间过得可真快呀！”田中肯定会说诸如此类的话。虽然不知道他有没有孩子，如果有的话肯定会这样说。

所以一开始想要拒绝他，并不是讨厌他的缘故。田中虽然有点文弱，但却是一个心地善良的好人。我在这些年从别人那里听到无数次这样的话语，对我说这种话的也并不是讨厌的家伙，但毕竟被提醒“该看看现实了”的人是我，而不是他们。他们不是坏人，当然我也不是。只要不与生活在不同世界的人相见的话就可以了。

因此，和旧友已经完全疏远了的我，在听到田中的邀请时，毫不犹豫地回答了“哎呀，可能不太方便”。

没想到田中紧跟着接上了话：“拜托了，就当陪陪我。”他的声音回荡在房间里。我的手机是用了快十年的翻盖手机，扬声器的地方可能是坏了，漏音漏到周围都能听清楚。手机从三年前开始就变成这样了，因为没有钱一直没拿去修过。

田中的那句重复的“拜托了”，听起来特别地诚恳。我不由得有些担心他是不是碰到了什么不太好的事情，最终还是答应了。应该不会是向我借钱的，就算向我借钱我也没有钱可借给他。

我和田中约在车站见面。见到穿着西装的田中时，我的第一感觉是“稀薄”。并不是“好久不见”，而是“存在感很稀薄”。仿佛透过他的躯体能看到对面的景色一样。

原来这家伙是这样的啊，我不由自主扭了扭脖子。走近一看黑眼圈格外明显，应该是最近很累吧。可能工薪族有着我所不知道的辛苦吧。

我们没有选择居酒屋的吧台，而是在靠窗的位置相对而坐喝起了酒。田中没有说任何我预想着他可能会说的话，而是聊起了高中时期的马拉松的练习有多累、家庭生活课的老师有多可爱，诸如此类的。聊了两个小时。他虽然一脸疲惫，但聊到这些却一直在笑。

“真树还是像以前一样有趣。”田中还是用以前的方式称呼我。称呼我时叫我名字“真树”的只有亲近的朋友，也就是说我已经很久没听到人这样称呼我了。

真是太好了，我想。田中还是和以前一样，一点都没变。就算听到我的近况也没有嘲笑我，而是微微点头，“你也在一直努力呀”。

这家伙应该就是因为工作或是什么事情有些累了，我想。于是很轻松地开口问他：“你怎么样？夫人身体还好吗？”

田中一瞬间有些迷茫。“她去世了。因为一场事故。”说着，放下了手里的啤酒杯。

这样啊，我回答道。田中低下头：“对不起，一直没能说出口。”“不不，该说抱歉的是我。”我也低下了头。

然后两人继续喝酒，我喝了很多，田中也是。喝了很多的我们醉得很厉害，我看自己的手都能看到重影了。我刚想说“该回去了”的时候，田中突然抬起头说：“有一家叫做薇奥蕾塔的店。”

在充斥着学生和工薪族的喧闹的店里，田中的声音听起来格外清晰。

“有一家叫薇奥蕾塔的店，里面卖箱子。”

我点了点头，有点诧异田中为什么会突然谈到这个。

“我也还没有去过，只是从别人那里听说过。买了箱子，然后在那家店的庭院里埋起来。”

“啊？把买了的箱子埋起来？为什么？”

田中微微一笑，上半身前后摇晃着。“棺材盒子呀，那个箱子是。”

“……那是什么玩意儿？”

“人总会有承载着回忆的东西吧。那种虽然很重要，但不能一直留着、也不能丢到垃圾桶里的东西。就把这样的东西，装进箱子里埋起来。明白了吗？”

“不是很明白。”

这时田中突然趴在了桌子上，手肘碰到了小碟子，染上了酱油的污渍。哭得浑身发抖的田中看上去格外地弱小。在我眼里的他，存在感变得愈加稀薄了。我甚至觉得他的身影会这样变得越来越薄，直到身体变得透明从这个世界上消失。一想到这我觉得恐惧。

“田中，不要哭！”我摇晃着他的肩膀大声说道。

“那家名字奇奇怪怪的，听上去像是卖洗面奶的店，去一下不就好了。告诉我那家店在哪。”

我说我现在就扛着你过去，田中意外冷静地回答“已经是夜晚了已经关门了”，又接着说：“你也扛不了我了吧，自己都醉成这个样子。”他终于笑了。

走出酒吧，在便利店里买了水，两人边喝边散步的时候，田中告诉我那家店在一片住宅区里。从外面看只是一个普通的房屋，很难找到店的入口。而且虽然感觉像是一家普通的杂货店，但只对想要买的人出售那种箱子。田中又说了些诸如此类的话。

真是家奇怪的店啊！我不由得发出感叹，田中也表示同意。但我感觉，这家伙一定会去的。就算我出言阻止，他也一定会去的。

田中突然正经了起来，低下头向我道谢。

“能够见到真树你实在是太好了。”

我点点头说“那可不是”，田中看着我笑了，小声地说了句“真树，你真是个不错的家伙。”

“所以我觉得，如果是你的话，一定不会嘲笑我，而是认真地听我说的话。今天说了些奇怪的话，真是对不住啦。”

我不知道该怎么回答，最后也只说了句“废话”之类的意味不明的话。

目送田中坐上出租车离开后，我走了两站路的距离，回到了家。在没有星星的夜空下踉踉跄跄地往回走，我突然感觉到我们都只是一个人在生活。田中接下来要回到一个人的家里，而我，也一直都是孤身一人。孤身一人。这个对我来说几乎已成为理所当然的事实，在此夜格外地刺痛我。

从那之后一直没有收到田中的消息，上个月还是上上个月，田中终于打电话过来，说：“抱歉，前阵子麻烦你了，现在已经没事了。”从他平稳的语气里，我感觉到他应该是确实没事了。我并没有特意问他是不是去了那家店。田中邀请我下次再一起喝酒，也没有再提那家店的事。

就这样，到昨天为止，我一直把那家店的事情抛诸脑后。我觉得我和这家店不会有任何关系，因为我没有妻子儿女，没有交往对象，没有固定工作，没有欠款也没有存款，有的只是对漫画的热情。对我来说，没有什么难以舍弃的东西。有那种苦恼的，只会是拥有太多东西的人。

十六岁的时候，我决定成为漫画家。虽然从以前就开始画画，但一直以来只将画画作为一种兴趣自娱自乐，意识到画画是我的“未来的梦想”这件事，还是从十六岁的时候开始的。那时候，我觉得我一定能行。从孩提时期起，我的作品就多次入选绘画比赛，而且我对自己的幽默感也抱有相当的自信。曾经被老师发现我在课本上涂鸦，老师翻了翻课本，本想对我发火，结果还是被逗乐了，没有进行更多的说教。

从那以后的十四年，我重复着一边靠打工勉强度日，一边画漫画四处投稿、被退稿、再投稿的这种生活。我的收入和时间几乎都奉献给了漫画，我想总有一天能行的。虽然不知道这样的日子要持续多久，但我觉得总有一天会熬出头，这十四年间一直这样想。周围的人开始结婚、为人父母，建了新家，升职了或是创业了，在成为大人的道路上大步迈进。只有我在原地止步不前，一直画着漫画。投稿了，被退稿了，给自己打气，再被退稿，一直一直重复着这样的过程。我一开始如钢筋般粗壮的坚韧意志被磨损得如同丝线般，我还可以的，我还是这样想。我想要这样想。

然而上周五，这根线终于还是断了。在看到我报名参加的某杂志新人奖获得者的年龄仅仅只有十六岁的时候。

我愣住了。我败给了在我开始画画时年纪只有两岁的孩子。在我决心成为漫画家时，这孩子已经能够出道了。

没有才能的人再怎么努力都只是做无用功。

这句话并不是谁对我说的，而是在搜索获奖人的名字时看到的网站公告板里的一句话。是一句无聊评论，为了煽动在公告板论坛里聚集的有志成为漫画家的人。但是那句话击中了我。即使关上了电脑，在打工的时候、吃饭的时候、钻进被子里眼睛闭上的瞬间，这行字就会出现在我眼前，每当这时我的耳朵里就会叮得一声，感觉自己的意识去向了远方。才能、才能，没有才能。无用功、无用功，无用功无用功无用功。是这样啊。原来是因为我没有任何才能，我这十四年来的努力都是做的无用功。

即使意识到了自己的消沉，在面对电脑时还是会忍不住搜索。不知何时开始，我开始搜索任何浮现在我脑海里的东西。

“三十多岁年收入”

“三十多岁存款”

都是些对我来说无法获得有益信息的短语，我在电脑的检索栏里一一输入。

在以“漫画家年收入”为关键词进行搜索时，我看到了一篇报道，里面写到我讨厌的一个漫画家的年收入有好几亿日元，我感到一阵晕眩。明明这家伙的作品一点都不有趣，所有作品里的女主角都是同一张脸。

这种生活，我想要完全放弃了。我没有任何才能。如果有才能的话，应该早就出道了。一想到这些，我突然觉得自己特别地傻。

我立刻关了自己的博客，本来还想着能够通过网络出道，因此将自己的作品上传到博客里，现在也都算了吧。反正浏览量每天也只有二十多人，有时收到一些通知，以为是有人评论了，一看却只是广告信息。

关掉电脑，我抬起头，看到了放置在冰箱前的纸箱。箱里是从老家寄过来的新鲜蔬菜。虽然每次都告诉家里我一个人吃不了这么多，但每次寄过来的纸箱里都装得满满当当的。

纸箱的侧面画着某部动漫里的人物，摆出单手握拳高举的姿势，大概是八岁的侄子飒斗画的。我突然有点想哭。

今年过年的时候见到飒斗时，他还和我说“真树叔叔，在你成名之前先给我签个名吧”。我给他的压岁钱只有五百日元，他却还笑着向我道谢。对不起啊，飒斗。真树叔叔已经努力不起来了。

我从书桌的抽屉里拿出了自己所有的画稿，重读了一次，羞耻到感觉要窒息了。劣作，劣作、劣作、都是劣作，全都是垃圾，毫不有趣。我为什么那个时候能够觉得“这个一定能行”然后自信满满地去投稿呢？我到底是为了什么去削减自己所有的睡眠时间和其他的一切去画这种东西呢？我感到十分羞耻，把画稿都撕了个粉碎，将迄今为止使用的画具、墨水、网格纸和羽毛刷全都丢进了垃圾袋里。

但是当我的手碰到一支笔的时候，我停下了动作。那是我十六岁时用零花钱买的。因为可以使用的金额很有限，所以当时只能买蘸水笔和绘图笔的笔尖，以及笔杆。在回家的路上，我的脚步变得十分轻盈。当时感觉与其说这支笔是迈向梦想的第一步，倒不如说笔就是梦想本身。笔尖是消耗品，迄今为止已经换过多次；绘图笔的笔杆之前不小心给折断了，现在留下的就只有蘸水笔的笔杆了。

木制的黑色笔杆，经常握住的地方涂料已经剥落，露出里面的肉色笔杆。稍微靠上的地方贴着流星形状的贴纸，那是我过去唯一一个恋爱对象小夏在她十七岁时贴上的。

放学后在教室里谈到未来的梦想，小夏用让人想哭又觉得有些可爱的语气说着“这是希望你梦想能够实现的流星哟”，在我的笔上贴上了这个贴纸，然后微微一笑。在小夏进入北海道的大学之后，我们因为没有联系而分手了，听说她如今已是两个孩子的母亲了。和小夏的交往经历，是我为数不多的美好回忆之一。

所以，只有这个是不能丢进垃圾桶里的。怎么办才好呢？

这个时候，我突然想起了田中之前说过的那家叫“薇奥蕾塔”的店。对呀，可以去那家店！买一个箱子，让店家帮忙埋了，然后和以前的自己好好道别。辞掉兼职，退掉公寓，回老家吧。我的父母在三百公里以外的山村里，现在还在种着田。父亲、祖父，以及历代祖先都是如此。父亲在十几年前去世后，大我五岁的哥哥就继承了家业。

哥哥应该也是有自己想做的事吧，但最终还是因为自己的长子身份继承了家业。虽然他没有开口说过，但他是一个责任感很强的男人，一定是这样的。我离开家时，哥哥来送行，笑着说对我说：“真树，你就去做自己想做的事情吧”。一想到这些，我又开始感到心痛。从今往后要好好工作了，至少要能帮上哥哥。

对了，得给哥哥打个电话才行，问一下他我能不能回去。但在电话“嘟”过三声之后，我挂断了。还是在把笔埋了之后再给哥哥打电话吧。

虽然这样说，但我对田中的话还是半信半疑。那时田中醉得很厉害，而且情绪低落，也有可能其实并不存在那家店，只是田中的幻想。

背朝车站的西口，看到计费停车场之后左转，然后在第一个十字路口处右转。在一幢叫“北村”的住宅名牌下有一个小小的“薇奥蕾塔”的店名招牌。我一边回忆着田中的话，一边沿着路往前走。虽然是从我的住处步行就可以走到的距离，但因为天气炎热，还是走了一段时间。

虽然觉得就算找不到也很正常，但令我意外的是居然真的找到了，看来并不是幻想。站在那栋住宅的门前，我不由得屏住了呼吸。不知道哪里传来的蝉鸣听起来格外吵闹。

“薇奥蕾塔”这一店名下，是一个向右的箭头。然而我没有料到的是，招牌的下面贴着一张纸，上面写着“今日因拔草暂停营业”。

因为拔草而暂停营业，这是什么理由。在我抱头懊恼的时候，我听到从住宅的右边传来了声音。“果然堇还是……”“但是堇啊……”之类的，在很热烈地谈论着关于“堇”的话题。

我朝右边的方向走去。围墙很低，虽不是有意偷窥，但能将围墙里的庭院看得一清二楚。在中央处只有一株孤零零的树的庭院里，有一个个子高大的女人，和一个个子小的女人。

个子高大的那个女人，虽说个子高大，但其实只是高，人很瘦。她双手叉腰，有时会用挂在脖子上的毛巾擦拭汗水。我感觉她和我差不多高了，也就是说她应该有一米七以上。

小个子女人好像在跳来跳去，她一直盯着高个子女人看，一副陶醉的样子。然而被注视的女人完全没有注意到，小个子女人两手挥舞着，好像在说着“紫堇又可爱又好养”之类的话。好像那个啊，我突然想到。像是小孩的玩具狗，放入电池，按下开关就会动来动去汪汪叫，她就像是玩具狗。

我正在想着这个，高个子女人突然看向了我这边。我正有点吃惊，对方就向我走来了。

“请问您有何贵干？”

她的声音很粗，令人感到不可思议的是，在她开口的那一瞬间，周围的蝉鸣都停止了。她走近后，我发现她竟然很有威严。怎么说呢，很有春日局①的感觉。或者说是有后宫总管的感觉。当然，我们此前从未谋面，但就是给我这种印象。像是春日局。

“嗯…那个…嗯…能不能…给我…嗯…一个箱子…我想…把这个…怎么说……把这个埋了…”

被高个子女人的气势压倒的我，用令人难以置信的声音结结巴巴说着，从包里拿出了笔。后宫总管一般的女人认真地看

---

① 春日局（1579—1643），日本江户幕府三代将军德川家光的乳母，协助建立和完善了幕府的后宫秩序“大奥制度”，成为江户城后宫的实权者。

了看笔，回头叫了小个子女人一声："田中！"小型玩具犬般的小个子女人慌慌张张地跑过来，仰起头问高个子女人："堇，我们现在要开始营业吗？"

原来她的名字是堇啊。感觉和她本人不太符合。仿佛听到了我内心的声音，"堇"向我投来了锐利的目光。如果是漫画的话，我都想把我自己的脸画成一个"冏"字了。

"啊…怎么说…要么…还是算了吧…"

我下意识地开始摆手。

"啊？"

右眉上方和鼻头上沾了泥点的"田中"（好巧，和我朋友同姓）看看我，又看看堇。不知道她到底是以什么样的方式拔草，才会拔成这样——满脸是泥。

"百忙之中多有打扰，我先告辞了……"

我急忙离开了那里，或者说，是几乎以奔跑的速度逃离了那里。并不是因为畏惧堇而逃跑，畏惧的是两个女人背后的庭院。那个庭院之下，埋葬着许多人的怨念和执念，一想到这个，我就不由得感到恐惧，进而对心平气和地背负这些东西的两个女人感到毛骨悚然。

跑回公寓，我全身都汗如雨下，接了一杯自来水"咕咚咕咚"一口气喝完了。我突然感到一阵疲劳袭来，就那样倒在被褥上睡着了。醒来的时候，已经是第二天早上十点了。啊……到底该怎么处理那支笔呢？我朝包里看去，这才发现那支笔不见了。

如果是丢在外面了，那是丢在回来的路上了吗？还是那家店的前面？我拿出那支笔之后，有没有放回包里？连这些我都不能确定了。

我换上运动鞋出门了。夏日的下午两点，阳光十分毒辣，甚至“暴力”到晒得人皮肤疼。早知道戴个帽子出门就好了，虽然我没有帽子。要是出门前喝水就好了。现在肚子也咕咕叫了。我苦着一张脸，快步向杂货店薇奥蕾塔走去。

今天店名的招牌下面没有贴着纸条。我正把手扶在门上苦恼着要不要直接进去，小个子女人从房子的右边走了过来。注意到我的存在，她惊讶地“啊”了一声。

我刚回想起她的名字是田中，她就大喊“太好了”，从门里开了锁，向右边水平地伸出了手。

“请进。”

被田中接连十几句“请进、请进，务必请进”中的语气所震慑，我踏了进去。面前就是房子的玄关，田中却没有进入，而是朝我昨天看到的庭院那边走去。

进入庭院，向房子的那边直走，有一间看起来像是店铺的建筑。拉开木框玻璃门的那一瞬间，我感到眼前一亮。店里陈列着玩偶、闪闪发光的装饰物模样的东西、小包之类的，都是女人会喜欢的东西，十分耀眼。整个店仿佛都在闪着光，有些令人讨厌。

然后就看到了货架上摆放着的箱子。田中说是棺材盒子的时候，我所想象的是吸血鬼德古拉①沉睡着的那种画着十字架的棺材，这么看起来只是类似于小收纳盒的东西。盒子上画着画，或是贴着有刺绣的布片。

“这个。”

田中走进放着陈旧收银机的柜台里，拿出了什么东西。仔细一看，是我的那支笔，被很好地包在软布里。

“这个应该是很重要的东西吧。掉在围墙外面了。”

她双手捧着，递给了我。

“也不算是很重要的东西。”

拿到的那一瞬间，我有点惊讶居然如此之轻，明明十六岁时拿在手上还觉得很重且不好用。肯定是因为这已经是“尸骸”了——因为我的梦想已经死了。

我的脑袋和眼睛开始感到刺痛。喉咙里、肚子里，总之身

---

① 西方民间故事中邪恶的吸血鬼，原型来自中世纪时瓦拉几亚大公弗拉德三世。

体的内部感到疼痛。

“不重要的话，还要埋起来吗?”

田中好像感到很不可思议，眨了好几次眼睛。我想要回答，却发现自己出不了声，嗓子渴到冒烟。

“不重要的话，还特意过来取吗?”

田中说完，她背后的那扇柜台那边的门打开了，堇出现了。

“田中!”

堇一进来就怒气冲冲地走向田中，两人个子差别实在太大，看上去几乎要把田中压倒的样子。她的语速太快，我没有听清，大概的意思是“不要对顾客提这样那样的问题”。不过，我觉得她也没必要发这么大的火。

“嗯…我…没关系的。”

我清了好几次嗓，终于说出了这句话。我刚想说让她别在生气了，田中转向我说：“别担心，一直都是这样。”

“就是因为一直都是这样，所以才不好。”

堇双手抱胸，紧紧地抿着双唇。田中刚准备再说些什么的时候，我的眼前突然出现了几颗闪烁着的白色小星星。

“有星星。”

听到我自言自语的两人同时惊讶地问：“有星星?”然而这

时我已不能回答她们。我的膝盖以下失去了力气，就那样缓缓瘫倒在了地上。星星消失了，世界一片黑暗。

并不是完全失去了意识，当时发生的事情还是记得很清楚的。田中开始慌张大喊，一双有力的手（大概是堇）从我的腋下架住我，将我拖到了什么地方。有人在我的额头上放了一块冰毛巾，嘴里插上了一根吸管。有人拿着一个装了大概是运动饮料的塑料瓶推到我的胸前。耳边响起了粗野的声音，催促我赶紧喝。我拼命喝了下去。

“是中暑了吗，堇？”有声音问。“大概是的。”另外一个声音回答道。

对啊，应该就是因为我起来后什么都没吃没喝，又顶着太阳跑过来的。我一边忍受着头痛一边想。好像有风吹过来了，我强行把眼睛睁开一条缝，好像是田中在帮我扇扇子。她的表情非常认真，用力地左右挥舞着扇子。

“要送他去医院吗？”

田中扇的风很大，我的眼睛都开始干涩了。我闭上眼，努力说出了“不用了”。刚撑着身体要起来，又被有人用强力给压回去了。

我被命令就这样躺一会儿，自己也慢慢开始放松了。就这样吧，我闭上眼，吐出一口气。

“堇，这支笔真奇怪。”

“是的呢。”

她们俩大概是以为我睡着了，开始小声地交谈了起来。

“……不过话说回来，这真的是笔吗？”

“不是笔的话，那到底是啥？”

“因为这个尖端也太锋利了吧……就像是武器……”

才不是武器呢！我心想。听着听着，我真的睡着了。

再次睁开眼睛的时候，看到了天花板。真是细长的天花板啊。环视四周，我发现自己躺在走廊里，身下铺着褥子，两边是门。

为什么我睡在了铺着褥子的走廊里呢？我怔怔地坐起来，右边的门打开了，堇探出头看向我这边。那边的门应该是和店里相通的。

“醒了。”

这话不是对我说的，而是对着我左边的门喊的。左边的门打开了，田中走了过来。她之前没有系围裙，现在却系着一条红围裙。所以这边的门大概是通向她们的住宅，比如厨房之类的地方。

“因为这里最凉快。”

堇俯视着我说道。我一开始没明白她这句话的意思，仔细想想才明白她想说“因为这个屋子里走廊处最凉快，所以让我躺在了这里”。我赶紧向她道了谢。

“我这里有汤。”

田中又对着我重复了一遍。“是把土豆磨碎做的，对胃很好，要不要喝?”我想了想还是回答说“不用了”，田中爽快地点了点头，走回门里。

枕边放着我的笔。在笔的旁边，是一个细长的盒子。盒子应该是用纸折成的，盖子上画着树木花鸟，大概是她们为了埋葬我的笔而特意选择的“棺材盒子”吧。

明明马上就可以埋进土里，她们还特意花了这么多功夫。我有点惊讶。

我仔细看了下盒子上的画，画的不算很好。或许我来画的话，会画得更好。然而我的视线却不能从画上离开。原来这就是所谓的“吸引力”呀。

“那些画是堇画的”。

田中说道，语气里带着些骄傲。

“哇，好厉害。”

我回答道，胸口感到有些刺痛。我好像有点嫉妒了，我从心底嫉妒有才能的人。我嫉妒着所有拥有我所没有的东西的人。

“好厉害。”

我索性重复了一次。这样的话，我的嫉妒心仿佛就能够全部被燃烧殆尽，变成灰烬。

堇并没有对我的赞扬做出回答，只说：“可以走动了的话，要去庭院那边吗？”见我点点头，堇站起身来，走向店铺那边。

我问田中能不能我借一支笔和一张纸，我突然想最后画一张画，和那支笔一起埋了。也想过就用那支笔画，但是没有墨水，那支笔就没有办法使用了。田中拿来了一支圆珠笔和一个小小的速写本。

“你有什么想让我画的吗？”

我问。田中歪着脑袋开始思考。

“那就画只柴犬吧。”

柴犬。田中又重复了一遍，表情严肃地点了点头。

“……你喜欢柴犬吗？”

我翻着速写本问道。田中点点头说“嗯……没错……”，脸慢慢红了起来。

我老家以前也养过狗，虽然那狗已经死了，也并不是柴犬。我一边回忆着那只狗捣乱冲进了农田里，父亲挥舞着铁锹的木柄把它赶出来的样子一边画着画，笔下的柴犬竟有点像那只狗了。

每落下一笔，我就感到疼痛。一想到这是我最后一次画画，我就心痛不已。我的胸口和握笔的指尖，以及全身都感到痛楚。明明是最后一次作画，我的手却不能很自如地活动。这是我最后一次享受作画的乐趣了。我不想停止，我想继续画下去。我边画边这样想着，眼前开始模糊，急忙开始眨眼试图把眼泪憋回去。

见我终于画完了，田中凑过来看，发出了“哇，好厉害”的感叹。

“画得真好。”

我有点不好意思了，低头谦虚地说了声“没有啦”，于是把画从速写本上撕了下来。我并不是因为被表扬而感到害羞，而是因为觉察到了自己在画画的时候，内心正期待着这种表扬。

“有更多画得比我好的人。而且，单凭‘画得好’是无法成为漫画家的。”

我把画按照长边折叠，打开盒子，把笔放了进去，在上面放上了我的画。

“我一直以来都在画漫画，虽然自己没什么才能。我以及不记得自己被退稿多少次了，仿佛一直以来都是在被退稿。所以，我决定放弃了。”

“原来是这样啊。总觉得有点可惜。”田中低下了头。

“但不是也有很多人虽然不是专业的，也一直在画画吗？”

“你的意思是说把画画当作兴趣吗？对我来说，不能成为专业漫画家的话，那就没有画画的意义了。”

“啊？那是为什么？”

为什么。被这样认真地一问，我不知道该怎么回答了。田中瞟了我几眼嘴里不知道在念叨些什么，突然抬起头来天真地问：“那是因为经济原因吗？”我下意识地开始进行反驳：“没…没…没有，我并不是因为钱才想做漫画家的！”

明明心里嫉妒那些年收入几亿日元的漫画家，我嘴上却冠冕堂皇地说：“我已经没有那种强烈的冲动了，怎么说呢，就是从内心涌起的那种冲动。那种想要作画的心情。你可能不会理解吧。”

“啊……我觉得继续画就好了。”

田中的眼睛又瞟过来，好像还是很困惑。我摇了摇头，表示不行。

“总而言之，我已经放弃了。我总算明白了，‘没有才能的人再怎么努力都只是做无用功’。而且我想着觉得回老家帮帮哥哥也不错，老家虽然只是普通的农户，但最近搞农业好像也不赖的样子，哈哈。”

门又打开了，堇探出头来。

“已经做好埋了它的准备了。”

田中对着门那边回答了“这就过去”，又转向我这边，开口问道：

“那你觉得你有从事农业生产的才能吗？”

从事农业生产的才能？那是什么？见我哑口无言，田中移开了视线，慢慢站起身来。她好像有点生气了。

“喂……田中？”

听到堇有点责问的语气，田中马上说道“我知道的，没事，我知道的”，声音听起来一点都不像没事的样子。田中打开了左边的门，走了进去。见她那副样子，堇欲言又止，她也缓缓地关上了门。我一个人被留在走廊里了。刚这样想着，田中用一个方形托盘端着一个白色的碗回来了。

“肚子饿了吧？”

说着，田中把托盘端到了我的面前。好像是之前说的把土豆磨碎做的汤，碗的旁边还放着木汤匙。

田中大概是想说“因为肚子饿了，所以你才说这种话”。虽然不太明白她为什么会这么想，我还是喝了汤。汤有些粘稠，有点甜，很好喝。不过汤很热，我要不停地吹气，等汤冷下来才能送入口中。

我一边吹着气，一边观察着田中的表情。她噘着嘴，好像在闹别扭。她应该是那种心里想着什么，马上会表现在脸上的人。

“你生气了吗?”我问道。她虽然回答“没有”，但语气完全不是没有生气的样子。

“嗯……因为我觉得，就因为有人比自己厉害就选择放弃，是不对的。”

田中接下来又絮絮叨叨地说了“无论去到哪里都会有比自己优秀的人”“自己也是每天一边觉得胜不过堇，一边努力工作”之类的话。我听着听着，渐渐有些生气了。你懂什么。你拾到了我掉落的笔、帮我扇风、给了我汤，你不过是个旁人罢了。关于我的事情，你什么都不懂。

“因为我很痛苦啊。”

我的声音有些沙哑。痛苦。田中小声念了一遍，沉默了。

“是的，我很痛苦。一直以来，我都是一个人画画，没有人来阅读我的作品。被退稿了，也只能一个人默默接受。一个人想要从这个困境中挣脱，却找不到出路。”

只要画就好了。这是我突然发现的道理。只要没有欲望，就不会去在意得不到的东西了。

田中认真地盯着我的脸，然后轻微地叹了口气，只静静地说了句“去庭院吧”。

走到庭院里，就看到堇扶着一个大铁锹，像金刚菩萨般站立着，旁边放着一张折叠椅。

堇首先让我坐在那张椅子上，然后又对田中下达了“你看着点他，可不能让他再倒下了”的命令。

太阳已经西斜，庭院大部分已入背阴处，但依然有些闷热。田中站在我身边用扇子给我扇风，我怪不好意思的。

“啊……那个……不用给我扇风了……我没事的……”

即使我说了不用了，田中还是认真地扇着扇子。

我看着轻松挥舞着铁锹的堇的背影，想起了死去的父亲。

父亲以前从早到晚都在农田里，“播下的种子必然会发芽”是他的口头禅，可见他有多喜欢干农活了。靠近他的身边，就会闻到泥土的味道，那股味道已经进入他的皮肤里，就算洗澡也祛除不掉了。他很精瘦，手却很大，脾气也谈不上好，甚至可以说是暴躁。

我小的时候怕见生人，没有办法很好地适应学校生活。但就算告诉父亲自己不想去学校，父亲也当然不会允许，每天早上都连吼带骂地把我赶出家门。

每天我都哭着回家，父亲看到只会说我“不像个男子汉”，然后用手敲我的头。他的手很大，力气又大，每次都敲得我很痛。所以我每次回家后，为了不被他发现我哭过，就会躲进储物室里，直到眼睛消肿了。储物室里又黑又小，我拿着手电筒，躲在里面看漫画。漫画的主角总是坚强的、正直的、帅气的。我经常看着漫画中的人物，陷入遐想。

无论在家里或是学校里，我总是小心翼翼、胆战心惊的，唯一能让我感觉“我还活着”的时候，就是躲在储物室里翻着漫画的时候。我还活着。在沉迷于故事而目不暇接的时候，我感觉自己还活着。

随着年龄的增长，我变得不那么怕见生人了，托漫画的福，我也交到了知心朋友。高中时，我某天被人搭话了，有同学夸我很会画画。从那天起，我开始作画，直到今天。到底是为了什么？不是为了钱的话，到底是为了什么？

不知道。我所知道的是，我不想再一个人烦恼了。

包里的手机响了。从手机铃声能判断出来，是从老家打过来的。大概是哥哥打的吧。

“你的手机响了。”

堇停下了手里的动作，问我怎么不接。我刚要回答“等会打过去”，铃声结束了。不过，铃声很快又响了起来。

田中嘟囔了句“怎么一直在嗡嗡嗡地响”，不小心笑出了声，便赶紧用扇子挡住脸。

“嗯……你能接一下吗？这个声音让人无法忽视。”

看堇已经拉下了脸，我只好不情不愿地按下了接听键。电话那头传来了哥哥悠闲的声音，叫我“阿树”。

“你昨天给我打电话了吧？怎么了？”

我含糊应了几句“啊，我没打”，哥哥略过了这个话题问道：“话说，你的博客怎么了？”

“刚才飒斗吵着说‘看不了你的博客了’。”

“啊……那孩子居然还在看我的博客啊。”

哥哥笑着说：“那当然是一直在看啊。”然后又说不仅是飒斗和他，妈妈也在看，之前消防队的聚餐上也都给大家看过了。

“别干这种事了，明明我都没有出道。太丢脸了。”

“有什么好丢脸的。”

哥哥的声音响彻整个院子。

“我的话，就连简笔画都画不好。”

哥哥又用他悠长地语调说：“我是因为没什么想要做的事情，所以继承了家业。你在年轻的时候就能找到自己想做的事情，真好。我就觉得啊，你这么地努力，我也要好好加油努力才行。到底有什么觉得好丢脸的？”

我拿着手机的手开始微微颤抖。刚开口叫了一声“哥哥”，有一种温热的东西扑簌簌地掉到了我的膝盖上、手背上和盒子上。我好像是哭了。手上碰到了柔软的东西，原来是田中递过来的手帕。

“那如果我放弃画漫画了，大家会对我很失望吧？”

哥哥惊讶地“嗯”了一声，电话那头的他好像换了个手拿电话。过了一会，哥哥回答了：“不会。”

“我不会失望的。如果那是你想做的事情，就那样做吧。”

哥哥又说了句“最近收获了很多茄子和青椒，之后再寄给你”，然后就突然挂断了。

“真是个中气十足的哥哥。”

堇面无表情地说道。我一边解释是因为手机扬声器坏了，一边用手帕擦拭着眼角。田中看着我笑了。

“你不是一个人啊。”

听到这话的我眼泪又掉了下来。我坐在椅子上抱住膝盖，又哭了一会。

不知道过了多久，我终于抬起了头。周围已经开始有些昏暗了。

“该怎么办？”

堇看向我这边。看的不是我的脸，而是我膝盖上的盒子。她是在问我要不要埋起来。

我思考了一会，然后，做出了选择。

“请让我把这个埋起来。”

“啊，确定要埋起来吗？”田中惊讶地问。

“真的吗？”

“嗯。”

我站起身，向堇那边走去。

“可以让我来吗？”

堇沉默地点了点头，把铁锹递给了我。

我挖出了一个大概五十厘米深的坑，把盒子放了进去。

我用铁锹轻轻铲起一锹土，盖了上去，慎重地用铁锹铺平，重复着这套动作，直到完全看不到盒子了。

堇和田中并排站在我的旁边，看着我的动作，一句话都没有说。然而，她们注视着地面，眼神十分温柔，她像是在祈祷。

我环视庭院。一开始觉得有些可怕的庭院，现在有了些不一样的感觉。

如果如父亲所说的，“播下的种子必然会发芽”的话，种在这里的我的梦想，一定会生根发芽，长出新的梦想，甚至说不定还会开花结果。不过……

“没有那支笔，也还是可以画画的。”

说完后，我又更正为“也还是会画画的”。田中点点头说：

“就像刚才一样，对吧。”

“茄子和青椒到了之后，我来分一些给你们。”

虽然自己也不知道为什么要在这个时候说这种话，我还是对着她们俩说了。不知道为什么，很想让她们知道我哥哥种的菜特别好吃。

“多谢。”

田中说正好可以做蔬菜咖喱，堇听到后微微一笑。这是我第一次看到她笑。我也笑了。

我已经不想再去探究自己画漫画的目的了。我知道有人在读我的作品，这就够了。曾经有人读过我的作品，这就够了。

堇抬头仰望天空，有些惊讶地叫了一声，手指向东方。在遥远的那边，有一颗小小的星星，在闪耀着光芒。

图书在版编目（CIP）数据

杂货店薇奥蕾塔 /（日）寺地春奈著；王小涵译.
—杭州：浙江文艺出版社，2020.9
ISBN 978-7-5339-6006-3

Ⅰ.①杂… Ⅱ.①寺… ②王… Ⅲ.①长篇小说-日本-现代 Ⅳ.①I313.45

中国版本图书馆 CIP 数据核字（2020）第 022270 号

杂货店薇奥蕾塔

作　　者：〔日〕寺地春奈
译　　者：王小涵
统筹策划：柳明晔
责任编辑：邵　劼
营销编辑：张恩惠
出版发行：浙江文艺出版社
地　　址：杭州市体育场路 347 号
网　　址：www.zjwycbs.cn
经　　销：浙江省新华书店集团有限公司
印　　刷：杭州富春印务有限公司
版　　次：2020 年 9 月第 1 版
印　　次：2020 年 9 月第 1 次印刷
开　　本：850 毫米×1168 毫米　1/32
字　　数：138 千字
印　　张：7.625
插　　页：2
书　　号：ISBN 978-7-5339-6006-3
定　　价：42.00 元